Roland Breitenbach
Seht, der Befreier kommt

Seht, der Befreier kommt

Geschichten zur Weihnachtszeit
von Roland Breitenbach

Reimund **Maier** Verlag

Die Deutsche Bibliothek – CIP-Einheitsaufnahme
Ein Titeldatensatz für diese Publikation ist bei
Der Deutschen Bibliothek erhältlich

4. Auflage, 2001
- *1. Auflage, 1992 (Gebunden, ISBN 3-926300-08-6)*
- *2. Auflage, 1994 (Gebunden, ISBN 3-926300-08-6)*
- *3. erweiterte Auflage, 2000 (Broschur, ISBN 3-926300-40-X)*

© 1992
Reimund Maier Verlag, Schweinfurt

Layout, Satz und Gestaltung: Reimund Maier Verlag, Schweinfurt
Druck: Fa. Weppert GmbH & Co. KG, Schweinfurt
ISBN 3-926300-40-X

Inhalt

Die Wurzel des Jesaja 9
Belohnte Entscheidung 15
Brot für die Menschen 19
Bischof der Kleinen 25
Der Zweig der Barbara 29
Der barmherzige Wirt 35
Es wird Friede sein 45
Ben-Jamin 49
Operacion Navidad 55
Das Kind in der Krippe 59
Der kleine Jonatan 63
Der geborgte Enkel 67
Der sterbende Stern 73
Die Augen 79
Heiligabend in der Disco 85
Die falschen Dreikönige 93
Hannes begegnet dem Christkind 103
Das Zeitungsblatt Gottes 109
Das Weihnachtspäckchen 117

Schau auf zum Himmel.

Die Sterne ziehen
ihre Bahn
und hinterlassen
Spuren
in jedem Menschen.

Schau auf zum Himmel.

Den Spuren
folgen,
damit sich
Weihnachten
bei allen
erfülle.

Diese Geschichten
sind in Freundschaft allen gewidmet,
die nicht satt und selbstzufrieden geworden sind,
sondern mit uns auf dem Weg
bleiben.

Die Wurzel des Jesaja

Der Prophet wälzte sich unruhig auf seinem Lager, denn seit Wochen verfolgte ihn der gleiche Traum. Von dem Tage an, da König Usija gestorben war, fand Jesaja des Nachts keine Ruhe mehr; die Traumbilder überstürzten sich und quälten ihn. Einmal sah er sich in den gewaltigen Zedernwäldern des Libanon spazieren gehen. Während er die schattige Kühle, die das Blätterdach der Baumriesen schenkte, genoss, brach einer der Bäume nach dem anderen in sich zusammen. Bis der Prophet das ganze Ausmaß der Katastrophe begriff, fand er sich in einem ansehnlichen Weinberg wieder, der durch eine große Mauer und einen Turm geschützt war. Die dunklen Trauben waren schon fast reif, als große Wildschweine den Wall übersprangen und den fruchtbaren Garten umpflügten und ihn völlig verwüstet hinterließen. Schließlich wurde Jesaja in einen Olivenhain versetzt. Die stattlichen Ölbäume hingen übervoll mit Früchten. Da sprang ein Feuer die Bäume an und verbrannte sie bis in ihre tiefen Wurzeln. Nach jedem Traum wachte der Prophet schweißgebadet auf, aber er konnte sich den Sinn der Bilder und der Zerstörung nicht erklären.

So verfiel Jesaja immer mehr in Traurigkeit. Offenbar kündigte sich Schreckliches an. Er musste an das Schicksal seines Volkes denken, das von den Syrern und Assyrern, von den Ägyptern und Edomitern bedroht war. Da war kein Helfer im ganzen Land zu finden und kein Heiland erschien am Himmel, um das Volk zu retten. Die Menschen hatten ihr Vertrauen in Gott verloren, sie setzten ihre Hoffnung auf den König und ihre Zuversicht in Verträge mit Menschen. Das Unrecht breitete sich aus im ganzen Land. Und Jesaja klagte über Jerusalem: „Zur Hure ist die Stadt geworden; einst waren Gerechtigkeit hier zu Hause, jetzt regieren die Mörder; ihr Wein ist gepanscht und das Silber verfälscht." Doch die Menschen achteten nicht auf den Propheten und seine Worte. Sie feierten zwar große Gottesdienste mit vielen Schlachtopfern, änderten aber ihre Gesinnung nicht. Die Herren führten weiter ein lasterhaftes Leben und die Knechte taten es ihnen gleich; die Frauen schmückten sich mit Gold und Silber und achteten in ihrem Luxus nicht auf die Not der Armen.

Und wieder träumte der Prophet: Er sah, wie sich ein eherner Fluss über das ganze Land ergoss und alles unter seinem Eisen erstickte; sogleich erblickte er eine große Schlange aus Menschen, die sich in die Wüste wälzte, in deren Trockenheit umkam und sich im Dunst der Hitze auflöste. Und wieder ging Jesaja auf die Straße und predigte: „Wenn ihr nicht umkehrt zu Gott, dann werden eure Städte unbewohnt sein und eure Häuser menschenleer; das Ackerland wird zur Wüste. Der Herr selber wird euch aus dem Land vertreiben, und es wird leer sein und verlassen." Doch die Menschen wollten nicht auf ihn hören. Sie lebten weiter

wie bisher und blieben in ihrem Unrecht sitzen. Sie sagten höchstens spöttisch zueinander: „Lasst uns essen und trinken, denn morgen sind wir tot."
Da wandte sich Jesaja an Gott und klagte: „Wehe mir, ich bin verloren. Ich lebe inmitten eines Volkes mit unreinen Lippen und bin selbst ein Mann, der unrein ist." Doch Gott, der Herr, antwortete: „Geh und sag diesem Volk: Hören sollt ihr, aber nicht verstehen. Sehen sollt ihr, sehen, aber nicht erkennen." Und Jesaja antwortete dem Herrn: „Hier bin ich, sende mich!"
Von diesem Tag an änderten sich seine Träume. Einmal sah er einen großen Stern aufgehen, der die Finsternis der Nacht heller machte als der Vollmond. Ein andermal erblickte er den Wurzelstock eines Ölbaumes, aus dem ein Zweiglein herauswuchs, kräftig wurde, blühte und schließlich Früchte trug. Da schrieb er nieder: „Das Volk, das im Dunkel lebt, sieht ein helles Licht; über denen, die im Land der Finsternis wohnen, strahlt ein Licht auf." Und Jesaja offenbarte weiter: „Aus dem Baumstumpf Isais wächst ein Reis hervor, ein junger Trieb aus seinen Wurzeln bringt Frucht." Schließlich sah der Prophet in einem dritten Traum, wie Regen auf die Wüste fiel, und viele Menschen aus dem trockenen Land in die heilige Stadt zogen. Am nächsten Morgen notierte Jesaja in sein Tagebuch: „Die Wüste und das trockene Land sollen sich freuen, die Steppe soll jubeln und blühen. Eine Straße wird es dort geben: man nennt sie den Heiligen Weg."

Über 700 Jahre waren seit den Tagen des Propheten Jesaja vergangen. Es waren bittere Jahre für das Volk gewesen; Könige waren gekommen und gegangen; Zeiten des Krieges und eines unsicheren Friedens wechselten miteinander

ab; 70 Jahre lang war ein Großteil der Israeliten in der Gefangenschaft in Babylon. Der Tempel in Jerusalem war zerstört und wieder aufgebaut. Jetzt herrschten die Römer über das Land. Sie hatten einen König eingesetzt, der ihre Politik machte; ein römischer Statthalter bestimmte, was in der Provinz geschah. Hohe Abgaben und Zölle beuteten das Land aus. Die Menschen waren unzufrieden mit ihrem Leben und mit der Religion. Die einen planten einen gewaltsamen Umsturz, die anderen, es waren die Frommen im Lande, beteten um das Kommen des Messias, des Gesalbten Gottes, damit er, wie es verheißen war, sein Volk erlöse aus allem Elend.

Die Menschen erinnerten sich an die Worte des Propheten Jesaja aus alter Zeit; ehrfürchtig sprach man seine Erwartungen aus: „Ein König wird kommen, der gerecht regiert. In der Zeit des guten Königs werden die Augen der Blinden geöffnet, auch die Ohren der Tauben tun sich auf. Dann springt der Lahme wie ein Hirsch, die Zunge des Stummen jauchzt auf. In der Wüste brechen Quellen hervor und Bäche fließen in der Steppe. Dann gibt es wieder Gras und Grün."

In jenen Tagen wurde der grüne Zweig zum Zeichen der Messiashoffnung, und die Menschen, die an sein Kommen glaubten, überreichten sich Zweige des Ölbaumes und steckten die Zeichen der Hoffnung an Türen und Fenster.

Der Großvater Mattan murmelte die gleichen Sätze wohl zehnmal am Tag; sein Enkel Josef kannte sie auswendig. Und er drängte den Alten: „Sag, Großvater, wann wird das geschehen? Wann kommt der Messias?"

„Lass Großvater doch in Ruhe", sagte Jakob, „du weißt doch, Josef, er ist in der letzten Zeit ein wenig seltsam geworden. Seine Augen sehen in die Ferne, als könnten sie

dort etwas erblicken, was uns verborgen ist. Ich glaube, Großvater ist schon in einer anderen Welt."
Doch Mattan wandte sich seinem Enkel zu und sagte: „Bald wird es geschehen, mein Kind. Es werden Wolf und Lamm zusammen weiden, der Löwe frisst Stroh wie das Rind. Man tut nichts Böses mehr und begeht kein Verbrechen auf meinem ganzen heiligen Berg, spricht der Herr."
Doch Josef drängte wieder: „Wann denn, Großvater, wann denn endlich?"
Mattan blickte wieder in die Ferne und sagte: „Wenn ein Spross herauswächst aus einem toten Wurzelstock, dann kommt der Messias. Wenn die Dornen Rosen tragen und der Stock des Treibers zerbrochen wird, wenn die Kriegsstiefel verbrannt werden und der blutbedeckte Soldatenmantel ein Fraß des Feuers wird, dann wird uns ein Kind geboren; die Herrschaft wird auf seinen Schultern liegen und der Friede kein Ende haben..."
Anderntags war Josef mit seinem Vater Jakob unterwegs zu einem Acker weit außerhalb der kleinen Siedlung Nazaret. Im letzten Jahr hatte Jakob das Feld gekauft und einige uralte Olivenbäume, die darauf standen, gefällt. Jetzt wollten sie das abgelagerte Holz mit ihrem Esel nach Hause schaffen, um daraus in der Werkstatt Schüsseln, Teller und Löffel zu drehen. Jakob war auch bekannt für wunderschöne Kästchen, die er aus dem Holz des Ölbaumes herstellen konnte; auch Josef hatte bereits eine geschickte Hand und half seinem Vater in der Schreinerei.
So zogen beide das Holz aus dem Grundstück zusammen und bündelten es, damit der Esel es auf seinem Rücken heimtragen könne. Als Josef den letzten großen Ast aufheben wollte, blieb er wie erstarrt stehen. Aus dem alten Wurzelstock daneben war ein kleiner Trieb hervorgebrochen; er trug bereits silbrig-grüne Blätter. Ein paar Tautropfen hat-

ten sich auf dem Grün niedergeschlagen und funkelten im Licht der Morgensonne wie Edelsteine. „Vater!", rief Josef. „Sieh, Vater, uns ist das Zeichen des Jesaja gegeben: ‚Aus dem Baumstumpf wächst ein Reis hervor, ein junger Trieb aus seinen Wurzeln bringt Frucht'."
Vater Jakob kam und bestaunte das kleine Wunder. Er legte seinem Sohn die Hand auf den Kopf und sagte: „Gott ist unsere Rettung; ihm wollen wir vertrauen und niemals verzagen. Wenn es der Wille Gottes ist, er sei gepriesen, dann wird der Messias kommen, noch in dieser Generation."

Da erschauderte Josef bis ins Innerste seines Herzens. Obwohl er noch ein Junge war, wusste er mit einer unsagbaren Sicherheit, dass mit der Hand seines Vaters Jakob Gott selber die Hand auf ihn gelegt hatte. Die Hand und der Mund des Herrn hatten gesprochen. „Noch in dieser Generation wird der Messias kommen..."

Belohnte Entscheidung

Schlechte Zeiten fordern heraus; sie fordern den ganzen Menschen. Seinen ganzen Mut. Seine ganze Phantasie. So war es auch, als eine große Hungersnot das Land Juda überzog. Die Menschen, auch die Reichen, hatten nichts mehr zu essen, weil eine große und lange Trockenheit ausgebrochen war. Die Männer redeten noch weniger als sonst, weil sie ihre Familie nicht mehr versorgen konnten; den Müttern brach es fast das Herz, wenn ihre Kinder vor Hunger nicht einschlafen konnten und leise vor sich hin jammerten. Auch in der kleinen Stadt Betlehem herrschte der Hunger, und der Name der Stadt, nämlich Haus des Brotes, klang für die Einwohner wie Hohn, da sie schon wochenlang kein Brot mehr gesehen hatten. Als sie nicht einmal mehr zum Pessachfest Brot hatten, um den Auszug aus dem Land der Knechtschaft zu feiern, war der Höhepunkt der Hungersnot erreicht.

Da machte sich ein Mann, Elimelech mit Namen, das bedeutet in unserer Sprache „Mein Gott ist König", mit seiner Frau und seinen beiden Jungen aus Betlehem in Juda auf nach Moab, jenseits des Jordan. Sie kamen in ein Land, in dem es noch zu essen gab, weil dort der Regen nicht ausgeblieben war und deswegen auch „Grünland" genannt wurde.

Doch Elimelech lebte nicht mehr lange. Das fremde Land und der Kummer hatten ihm das Herz gebrochen. Als der Vater gestorben war, heirateten die beiden Söhne Frauen aus dem Land, das ihnen Gastrecht gewährte, und sorgten für ihre Mutter. Doch es starben bald auch die beiden Männer, und Noomi, die Mutter, blieb im fremden Land mit den beiden Schwiegertöchtern Orpa und Rut zurück, ohne Mann und ohne die beiden Kinder, die einst die Stütze ihres Alters sein sollten. Jetzt war sie noch mehr als früher eine Fremde unter Fremden und fern ihrer Heimat. Eine merkwürdige Krankheit hatte sie überfallen, die sie vor lauter Traurigkeit nichts mehr essen ließ.

Inzwischen hatte es in Juda wieder geregnet, und hintereinander gab es einige gute Ernten; die Hungersnot war beendet. Da hielt es Noomi, die Frau aus Betlehem, nicht länger in der Fremde. Sie wollte in ihre Heimat zurückkehren und zu Hause sterben. Die beiden Schwiegertöchter begleiteten sie bis zur Grenze. Dort wollten sie voneinander Abschied nehmen. Orpa kehrte zu ihrer Mutter und zu ihrer Familie zurück. Doch Rut sagte zu Noomi das schöne Wort:

„Wohin du gehst, dahin gehe auch ich,
und wo du bleibst, da bleibe auch ich.
Dein Volk ist mein Volk,
und dein Gott ist mein Gott.

*Wo du stirbst, da sterbe auch ich,
da will ich begraben sein.
Der Herr soll mir dies oder das antun,
nur der Tod wird mich von dir scheiden."*

Da gingen sie gemeinsam über die Berge auf Jerusalem zu. Den beiden Frauen schien es, als stünde die Gerste auf den Feldern so gut wie noch nie; die Blumen blühten kräftiger und die Vögel sangen Lieder, die sie noch nie so schön und so deutlich gehört hatten. So kamen die beiden Frauen zum Beginn der Ernte nach Betlehem, das nicht weit von der heiligen Stadt Jerusalem entfernt liegt. Als sie die kleine Stadt auf dem Hügel erblickten, wurde ihr Herz bang. Sie rasteten ein wenig und fragten sich ängstlich: „Sind wir dort nicht auch wieder fremd unter Fremden nach der langen Zeit im Land der Moabiter?" Noomi war fast zwanzig Jahre fern von ihrer Heimat gewesen. Und sie wagten nicht weiterzugehen. Doch einige Frauen aus Betlehem kamen ihnen entgegen. Sie trösteten Noomi, die so viel Bitteres erlebt hatte, und nahmen sie zusammen mit Rut wieder in ihre Gemeinschaft auf.

Rut ging zum Ährenlesen auf die Felder rings um Betlehem; sie las hinter den Schnittern her, wie es das Recht der Armen war und sammelte zusammen, was die Knechte und Mägde liegen gelassen hatten. Eines der Felder gehörte einem wohlhabenden Bauer namens Boas, er war ein naher Verwandter von Noomi. Als er vom Schicksal der Familie und der jungen Frau erfuhr, befahl er seinen Knechten, absichtlich Ähren auf dem Acker liegen zu lassen, damit Rut viel Getreide einsammeln konnte. Er lud sie auch zum Mitessen ein, als er mit seinen Knechten und Mägden in der Hitze der Mittagsstunde Brotzeit machte.

Boas war übrigens ein Vorfahre von David, der nach dem Willen Gottes König über Israel werden sollte. Er verliebte sich in Rut und wollte das Eigentum ihrer Schwiegermutter und ihrer Söhne durch die Heirat sicherstellen. Deswegen setzte er sich, wie es in Israel Brauch war, eines Abends am Stadttor nieder, und zusammen mit zehn Ältesten Betlehems wurde ein Vertrag festgelegt, der Boas alle Eigentumsrechte am Besitz des in der Fremde verstorbenen Elimelech übertrug. Er nahm Rut, die Moabiterin zur Frau. Nach Jahresfrist gebar Rut einen Sohn. Er bekam den Namen Obed, der auf deutsch Knecht heißt. Und Obed wurde zum Großvater von David.

Auf diese Weise kam Rut, die Frau aus Moab, in den Stammbaum Davids; sie wurde so zu einer der Großmütter von Jesus, weil sie ihrer Schwiegermutter eine „Gefährtin" geblieben war und sie nicht in ihrer Not verlassen hatte. Gott hatte schon immer sein Auge auf die Schwachen und Kleinen im Lande geworfen, und er hatte das Wort der Rut angenommen und erfüllt wie ein Gebet:

> *„Wohin du gehst, dahin gehe auch ich,*
> *und wo du bleibst, da bleibe auch ich.*
> *Dein Volk ist mein Volk,*
> *und dein Gott ist mein Gott.*
> *Wo du stirbst, da sterbe auch ich,*
> *da will ich begraben sein.*
> *Der Herr soll mir dies oder das antun,*
> *nur der Tod wird mich von dir scheiden."*

Brot für die Menschen

Im Süden der heutigen Türkei liegt die kleine Stadt Demre. Einst hieß sie Myra und hatte einen schönen, großen Naturhafen mit einem regen Schiffsverkehr, der die Stadt mit der damalig bekannten Welt verband. Aber der nahe Fluss hat den Hafen im Laufe der Jahrhunderte völlig zugeschüttet, so dass man heute fast zwei Kilometer weit gehen muss, um zur Kirche des hl. Nikolaus zu kommen, die früher ganz nahe am Strand lag.

Als Nikolaus im 4. Jahrhundert Bischof von Myra war, hatte der Hafen noch eine große Bedeutung für die Stadt und die Menschen. Sie konnten Handel treiben mit aller Welt; die Menschen waren nicht arm. Es gab Brot für alle. Auf einmal war das aber anders geworden. Lange Zeit hatte es nicht mehr geregnet. Die Lebensmittel waren knapp und teuer geworden, vor allem das Getreide, das Hauptnahrungsmittel, konnten sich nur noch die ganz Reichen leis-

ten; so war auch der Handel mit dieser wichtigen Ware nicht mehr möglich. In viele Hütten und Häuser war der Hunger eingekehrt, er stand schon vor den Palästen der Handelsherren und Unternehmer.
Die Menschen kamen zum Bischofshaus und Nikolaus gab ihnen von seinen Vorräten, so lange er hatte. Dann aber waren auch seine bescheidenen Lebensmittel völlig aufgebraucht. „Wir müssen beten", sagte der Bischof zu den Menschen. „Gott soll uns erretten aus unserer großen Not. Beten müssen wir, beten!" Die Leute aber waren schon verzagt und antworteten bitter: „Das Gebet hilft uns nichts mehr. Haben wir nicht umsonst um Regen für unsere Felder gebetet? Wir werden verhungern. Da ist kein Gott, der uns hilft."
Den Bischof jammerte das Elend der Hungernden, noch mehr aber war er betrübt über ihre Verzagtheit und ihre Verbitterung.
Der Bischof verließ traurig sein Haus, ging an den Strand des Meeres und betete zu Gott. Da hörte er in der Nähe Stimmen. Es waren Kinderstimmen. Die Kinder spielten am Strand ein merkwürdiges Spiel. Nikolaus konnte sie dabei beobachten. Ein Junge spielte den Bischof, er hatte eine weiße Haube auf dem Kopf, auf die die Kinder mit Kohle ein Kreuz gezeichnet hatten, und einen Stab in der Hand. „Ich bin der Bischof Nikolaus", sagte er. „Ich werde hinaussegeln und in ein Land kommen, wo es Lebensmittel in Hülle und Fülle gibt. Die werden wir kaufen und an die hungernden Menschen verteilen." Und die Kinder ruderten eifrig am Strand auf einem Schiff, das es nicht gab, und sangen dabei: „Ho-he! Ho-he! Vorwärts und voran, bald kommen wir an. Dann gibt es Brot, dann gibt's zu essen, der Bischof wird uns nicht vergessen."
Da hielt es den Bischof nicht länger. Mit Tränen in den Augen ging er zu den Kindern und sagte: „Ich habe weder Geld

noch ein Schiff. Ich kann euch nicht helfen. Lasst euer Spiel sein, es bricht mir sonst das Herz!"
Doch die Kinder spielten voller Hoffnung weiter am Ufer des weiten Meeres und schickten ein Segelboot aus Rinde und Holz mit ihren Sehnsüchten auf die weite Reise.

Nachdenklich ging der Bischof in die Stadt zurück. Er ging in die Kirche und betete lange; dann ließ er durch seinen Sekretär die reichen Leute der Stadt ins Bischofshaus bitten. Vor ihnen legte er seinen Ring und das Brustkreuz auf den Tisch und sagte: „Ich brauche Geld, ein Schiff und eine Mannschaft. Wer mir das gibt, der bekommt den Ring, das Kreuz, mein Haus und den Garten dazu. Versprochen ist versprochen."
Erwartungsvoll sah der Bischof die Handelsleute an, die eine Weile zögerten. Dann nahm Petros das Kreuz, Georgios den Ring und Stephanos das Haus.
Und schon am nächsten Tag verließ ein alter, ausgedienter Segler mit dem Bischof und einer bunt zusammengewürfelten Mannschaft an Bord den Hafen. Der Kapitän, ein alter Mann mit einem krummen Bein, fragte den Bischof: „Wohin soll die Reise gehen?"
„Überlassen wir uns Gott", sagte der Bischof, und ein starker Wind trieb das Schiff in Richtung Ägypten. Die Masten knarrten in der kräftigen Brise und die geflickten Segel drohten zu zerreißen.

Die Mannschaft sang mit dem Bischof jeden Tag:

> *„In Gottes Namen fahren wir,*
> *kein andern Helfer wissen wir.*
> *Vor Schiffbruch, Angst und Hungersnot*
> *Behüt' uns lieber Herre Gott. Kyrie eleison."*

Schon nach drei Tagen und Nächten sahen sie Land, und das Schiff fuhr in den Hafen, der Alexandria hieß. Dort lagen prall gefüllte Säcke mit Weizen. Es war ein leichtes, das Schiff bis an den Rand mit Getreide zu füllen, Nahrung für viele Menschen und viele Tage. Und während die Männer die Säcke auf ihrem Rücken zum Schiff schleppten und in seinem Bauch verstauten, sangen sie voller Freude immer und immer wieder:

„Lasst uns miteinander,
lasst uns miteinander
singen, loben, danken dem Herrn.
Lasst es uns gemeinsam tun,
singen, loben, danken dem Herrn;
singen, loben, danken dem Herrn,
singen, loben, danken dem Herrn,
singen, loben, danken dem Herrn,
singen, loben, danken dem Herrn."

Nach und nach füllte sich das Schiff und es sank tief ins Meer ein, bis der Kreidestrich erreicht war, den der Kapitän nahe an die Kante gezogen hatte. Dann klatschte er in die Hände und rief: „Genug! Es ist genug!"
Bevor das Schiff seine Anker lichtete, kaufte der Bischof von dem Geld, das er noch übrig hatte, große Mengen an Nüssen, Mandeln und Backwerk, das mit viel Honig gesüßt war. Dann segelten sie ab.

Und welch ein Wunder: Der Wind hatte sich gedreht; jetzt wehte er nach Norden, so dass sich die Segel stramm im Wind blähten und dem Schiff eine schnelle Fahrt gaben. Am Morgen des vierten Tages tauchten die grauen Segel vor dem Hafen von Myra auf und die Menschen strömten zusammen. Voller Ungeduld warteten sie, bis das Schiff durch die enge Einfahrt in den Hafen kam, den Anker warf und an der Kaimauer festmachte. Blitzschnell hatte sich herumgesprochen, welch kostbare Fracht das Schiff geladen hatte, und der Jubel war groß. Der Hunger war gebannt für viele Wochen.

Die Menschen feierten ihren Bischof wie einen Heiligen, doch der sagte: „Gott hat uns geholfen. Ihm wollen wir danken!"
Da gingen die Leute in die Knie und sangen:

> *„Großer Gott, wir loben dich;*
> *Herr, wir preisen deine Stärke.*
> *Vor dir neigt die Erde sich*
> *Und bewundert deine Werke.*
> *Wie du warst vor aller Zeit,*
> *so bleibst du in Ewigkeit."*

Und sie sangen mit Tränen in den Augen weiter:

> *„Alle Tage wollen wir*
> *dich und deinen Namen preisen.*
> *Und zu allen Zeiten dir*
> *Ehre, Lob und Dank erweisen.*
> *Rett' aus Hunger, rett' aus Tod,*
> *sei uns gnädig, Herre Gott."*

Dann begann in den Straßen der Stadt ein großes Fest. Überall wurde Brot gebacken, und die Leute konnten essen, so viel sie wollten. Auf den Straßen brannten Freudenfeuer, um die die Leute tanzten. Der Bischof hatte für alle gesorgt. So dauerte das Fest bis in die späte Nacht.

Als aber alle vor Freude und Erschöpfung eingeschlafen waren, schlich sich der Bischof mit einigen Helfern durch die Straßen der Stadt, und er vergaß auch die kleinen Häuser am Hafen nicht. Dort wohnten die Kinder, die ihm mit ihrem Spiel auf die rettende Idee gebracht hatten. Er legte auf die Türschwellen all die guten Sachen, die er eigens für die Kinder aus Ägypten mitgebracht hatte: Getrocknete Früchte, Nüsse, Mandeln und buntes Zuckerwerk. Seit Jahren hatten sie von diesen Kostbarkeiten nur träumen können. Es fing an zu regnen, als der Bischof und seine Gefährten ihr fröhliches Werk beendet hatten: Zeichen einer neuen Hoffnung und kommender Fruchtbarkeit.

Weil die Kinder mit ihrem Vertrauen den Anfang zur Rettung gemacht hatten, sollten sie am Morgen die große Überraschung finden und erfahren, dass sich Hoffnung und Vertrauen immer lohnen.
Seither geschieht das immer wieder in der Nacht zum 6. Dezember. Das ist der Tag des heiligen Nikolaus, der zusammen mit den Kindern das große Wunder der Rettung vollbracht hat.

Gott sei gepriesen und der Bischof Nikolaus.

„Lasst uns froh und munter sein,
und uns recht von Herzen freun:
Freut euch alle, tralalalala:
Jetzt ist Nikolausabend da!"

Bischof der Kleinen

Es war nach jenen Zeiten, da Bischof Nikolaus die Stadt Myra aus großer Hungersnot gerettet hatte. Mit Gottes Hilfe hatte er damals ein Schiff voller Getreide aus Ägypten in den kleinasiatischen Hafen gebracht und mit der wertvollen Fracht die Menschen über eine schlimme Zeit gerettet. Für die meisten Menschen in Myra, vor allem für die Kinder, war Nikolaus ein Heiliger. Sie liebten ihn vor allem deswegen, weil er in der Zeit der größten Not sein ganzes Eigentum verpfändet hatte, um die Mitmenschen zu retten. Wenn die Leute seinen Namen nannten, fügten sie hinzu: „Gott sei gelobt und gepriesen für diesen Menschen." Sie konnten sich keinen besseren Bischof denken und freuten sich, wenn er ihnen Sonntag für Sonntag das Evangelium erklärte.

Es war wieder Regen gefallen, und die Bauern konnten ihre Felder bestellen; schon das dritte gute Erntejahr hintereinander stand bevor. Manche Bauern aber waren durch die vorangegangenen Hungerjahre völlig verarmt. Sie hatten in den Zeiten der höchsten Not ihre Felder verpfänden müssen, um Frau und Kinder zu ernähren. Jetzt mussten sie als Tagelöhner auf die Güter und Felder der Reichen gehen, um ein wenig Geld für ihre Familien zu verdienen. So sehr sie sich auch mühten, sie konnten das Geld nicht zusammenbekommen, um ihr Eigentum wieder auszulösen.

So erging es auch dem Bauern Serpas. Er hatte mit den Seinen den Hof verlassen müssen und wohnte am Hafen in einer bescheidenen Hütte. Serpas hatte drei Töchter; sein einziger Sohn war in der großen Hungersnot gestorben. Im Sommer ging Serpas auf die Felder, um zu arbeiten, im Winter half er im Hafen die Schiffe zu verladen. Seine Frau nähte und stickte, und doch reichte das Geld nicht zum Leben, und zum Sterben war es zuviel. Der größte Kummer für Serpas und seine Frau Monja war, dass sie kein Geld sparen konnten für die Mitgift ihrer Töchter. Damals war es unmöglich, dass ein Mädchen heiraten konnte, wenn es nicht ein angemessenes Hochzeitsgut mit in die Ehe brachte. Sie lebten in der Hütte bescheiden miteinander und waren trotz ihrer Armut eigentlich zufrieden. Serpas jedoch brach es fast das Herz, wenn er an die unsichere Zukunft seiner drei Kinder dachte.
Davon hörte Bischof Nikolaus. Und da er nicht wollte, dass die jungen Frauen ihren Lebensunterhalt in den Hafenkneipen mit Matrosen verdienen mussten, fasste er einen Plan. Verkleidet als Seemann schlich er sich um die Hütte. Als alle schliefen, warf er ein Säckchen mit Goldmünzen in die Küche. Monja fand in der Frühe das Geld. Auf dem Band aber stand geschrieben „Für Katharina". Da richtete Serpas für

seine älteste Tochter eine fröhliche Hochzeit aus, so dass sich seine Nachbarn wunderten. Aber sein Kummer war nicht viel geringer geworden. Denn da waren noch Mara und Sara. Serpa kränkelte bereits ein wenig, er wurde vorzeitig müde und matt und konnte sich nicht mehr jeden Tag eine Arbeit suchen. Die Armut war nach wie vor in seinem Haus zu Gast, und die Sorgen wollten nicht weichen.

Nach Jahresfrist verkleidete sich Bischof Nikolaus als Kaufmann und konnte wieder unerkannt einen Beutel mit Goldstücken in die Küche von Serpas werfen. Diesmal stand auf dem Band „Für Mara". Sie selbst fand am frühen Morgen das Geld und war überglücklich. Jetzt konnte auch sie Hochzeit feiern. Serpas aber wollte sich nicht recht freuen. Er überlegte sich, was oder wer hinter den Geldspenden stehe und machte sich Sorgen, es könne unrecht erworbenes Geld sein. Seine Frau Monja machte ihm deswegen Vorwürfe, konnte ihn aber von den trüben Gedanken nicht abbringen. Serpas wurde krank vor lauter Traurigkeit.
Darüber war wieder ein ganzes Jahr ins Land gegangen. Da schlich sich Nikolaus, diesmal als Bettler verkleidet, zum dritten Male zur Hütte des Armen. Es war in der Nacht zum Sonntag. Aber das Öllicht in der Küche von Serpas wollte nicht erlöschen; Nikolaus umkreiste immer wieder die arme Behausung. Der Tagelöhner konnte vor Kummer nicht schlafen; er saß am Küchentisch und hatte den Kopf in die Hände gestützt. Da hörte er einen dumpfen Schlag, und als er aufblickte, sah er auf dem Dielenboden einen Beutel mit Geld liegen. „Für Sara" stand diesmal auf dem Band geschrieben. So schnell er konnte, eilte Serpas auf die Straße, sah aber niemand als einen Bettler mit einem langen, schneeweißen, gepflegten Bart. Der Alte ging langsam auf die Stadt zu, die nahe am Hafen erbaut war. „Wo habe ich

diesen Bart schon einmal gesehen?", fragte sich Serpas, als er bekümmert und doch auch ein wenig froh in seine Hütte zurückging.

Zum ersten Male ging Serpas an diesem Sonntag mit seiner Frau und der jüngsten Tochter wieder zum Gottesdienst, als die Glocken der Kathedrale zur Messe riefen. Viele Male hatten Mutter und Töchter, sehr zu ihrem Kummer, alleine in die Messe gehen müssen. Jetzt fasste Serpas neuen Lebensmut und schaute hoffnungsvoll in die Zukunft. Als er in der großen Kirche aus Dankbarkeit vor der Ikone der „Muttergottes Erbarmerin" ein Öllicht entzünden wollte, stand jemand hinter ihm. Serpas wandte sich um und blickte in ein gütiges Gesicht, von dem wie ein silbriger Wasserfall ein weißer Bart herabfiel. Da erkannte Serpas den Bettler und wusste, wer ihm all die Jahre unerkannt geholfen hatte. Doch Bischof Nikolaus kam seinem dankbaren Kniefall zuvor. Er umarmte den armen Tagelöhner, segnete ihn und sagte: „Serpas, wir wollen Gott preisen, der an uns Gutes tut und uns Gutes tun lässt. Amen!"
Und Serpas antwortete: „Gepriesen sei Gott und sein Bischof von nun an bis in Ewigkeit. Amen!"

Der Zweig der Barbara

Ganz am Anfang des Christentums lebte in Nikomedien eine junge Frau mit dem schönen Namen Barbara. Sie war von mittelgroßer, schlanker Gestalt und hatte wunderschönes schwarzes Haar, das bis weit über die Schultern herabreichte. Jedes Mal, wenn sie das Haus ihres Vaters verließ und in die Stadt zum Einkaufen ging, schauten ihr die Leute nach, weil sie alleine durch die Straßen, Gassen und Basare ging und nicht nach der damaligen Sitte in Begleitung einer Dienerin war. Die einen freuten sich über die junge Frau und an ihrer freien Art zu leben; die anderen tuschelten über Barbara und erzählten von ihr schlimme Geschichten, so dass bald die wildesten Gerüchte bis zu ihrem Vater drangen.
Auch sonst war Barbara anders als die Frauen damals. Zusammen mit ihren Brüdern hatte sie gegen den Willen des Vaters lesen und schreiben gelernt; schon früh fing sie an, sich mit dem Hauslehrer zu unterhalten und nicht nur über

religiöse, sondern auch über politische und wirtschaftliche Fragen zu diskutieren. Die Brüder, allen voran Nikanor, neckten sie deswegen gerne und gaben ihr einen Männernamen; sie nannten sie Barbas, weil sie es in der Auseinandersetzung mit den Problemen und Schwierigkeiten der Stadt bald auch in aller Öffentlichkeit mit den Lehrern und Führern des Gemeinwesens aufnahm. Zusammen mit dem Bischof von Nikomedien, einem weisen, aufgeschlossenen Mann, begründete Barbara eine Schule, in der auch Mädchen unterrichtet wurden. Sie selber übernahm die Stelle einer Lehrerin, obwohl es ihr der Vater ausdrücklich verboten hatte. Doch Barbara setzte sich durch und hielt jeden Tag Unterricht.

Barbara sorgte dafür, dass die Mädchen und jungen Frauen von Nikomedien nicht nur in der Hauswirtschaft und der Krankenpflege unterrichtet wurden. In der Domschule des Bischofs lernten sie auch lesen, schreiben und rechnen. Einmal in der Woche kam der Bischof selber und legte die heilige Schrift aus. Das war für Barbara die schönste Stunde der Woche, denn der Bischof war ein Mann, der nicht nur die Frohe Botschaft weitergeben konnte, er lebte auch nach dem Evangelium. Er lehrte die jungen Frauen, dass vor Gott alle Menschen gleich seien, Kinder, Männer und Frauen, Sklaven und Freie, und dass jeder Christ und jede Christin vor Gott eine besondere Aufgabe für das Leben und im Dienst an den Menschen bekommen habe.

Dann wurde es Barbara jedes Mal ganz heiß ums Herz. Und als der Bischof einmal die Stelle aus dem Evangelium las „Die zwölf Apostel begleiteten Jesus, dazu einige Frauen ... Die Frauen unterstützten Jesus und die Jünger mit dem, was sie besaßen ..." (vgl. Lk 8, 1ff), da wusste sie mit aller Klarheit, was ihre Aufgabe in der Zukunft sei. Sie redete mit dem Bischof und erhielt von ihm die Erlaubnis, eine Gemeinschaft zu gründen, die ganz im Dienst der kleinen und armen Leute von Nikomedien stehen sollte. Sie wusste, dass das Wort Jesu „Was ihr einem der Geringsten getan habt, habt ihr mir getan" (Mt 25, 40) ausdrücklich auch ihr gesagt worden war.

Doch ihr Vater hatte andere Pläne mit Barbara. Er war auf der einen Seite stolz über den Eifer seiner Tochter; andererseits konnte er es nicht ertragen, dass Barbara gegen seinen Willen mit dem Bischof zusammenarbeitete und ihn zum Gespött der Reichen von Nikomedien machte. „Wenn es nach dem Willen deiner Barbara geht", sagten sie, „dann wird unsere Stadt bald von Frauen regiert. Frauen, die lesen und schreiben können, sind gefährlich." Deswegen gedachte ihr Vater, sie bald mit dem Sohn des Kaisers Maximinius zu verheiraten, wie es schon seit längerer Zeit unter den Männern abgesprochen worden war. Auf diese Weise wollte er dem frommen Spuk ein schnelles Ende bereiten. Wenn Barbara erst einmal verheiratet war und Kinder hatte, dachte er sich, dann...
Barbara weigerte sich, den Sohn des Kaisers zu heiraten. Sie sagte zu ihrem Vater: „Habe ich dir je Kummer oder Schande gemacht? Gott, der mir durch dich das Leben geschenkt hat, will, dass ich ihm in den Menschen diene. Dich, Vater, will ich allezeit ehren; den Willen Gottes aber muss ich erfüllen. Ich werde nicht heiraten; erst recht nicht den Sohn des Kaisers! An seiner Seite würde ich unglücklich, denn Gott hat mich zu einer anderen Aufgabe berufen."
Der Vater versuchte zunächst, seine Tochter mit allen möglichen Versprechungen umzustimmen; sie sollte die Hälfte des Vermögens bekommen, wenn sie den Sohn des Kaisers

heiratete. Schließlich würde sie ja selber Kaiserin werden und könne dann noch viel mehr für das Volk tun. Doch Barbara blieb fest. „Meine Aufgabe ist es, den Armen zu dienen, besonders den Frauen, die vielerorts nicht viel mehr wert sind als ein Tier. Gott will, dass alle Menschen gleich sind, wir alle sind Brüder und Schwestern Jesu. So und nicht anders will ich leben und arbeiten."

Als der Vater nichts ausrichtete, verklagte er sie beim Kaiser Maximinius wegen Verführung des Volkes und Ermunterung zum Aufruhr. Der Kaiser war über Barbara ohnedies verbittert, weil sie seinen Sohn verschmäht hatte. Er schickte seine Soldaten, ließ Barbara mit Gewalt festnehmen, in den Stadtturm sperren und die Türe versiegeln. Es sollte ihr bald der Prozess gemacht werden, denn ihre Pläne störten den Frieden in der Stadt, wie der Kaiser meinte.

Auf dem Weg zum Gefängnis blieb das Kleid der Barbara im Zweig eines wilden Kirschbaumes hängen. Sie brach den Zweig ab und nahm ihn mit in den Turm. Tag für Tag kam ein Bote des Vaters zum Gefängnis und rief: „Ich bringe Speise und Trank für dich, Barbara, wenn du deine Meinung änderst und den Willen des Kaisers und deines Vaters erfüllst." Doch der Bote musste jedes Mal ohne Erfolg umkehren; Barbara blieb fest, sie hielt tapfer aus, ohne einen Bissen Brot und ohne einen Schluck Wasser. Schließlich versuchte es der Vater selber. Er flehte seine Tochter an. Sie sagte jedoch: „Ich liebe dich, aber ich erfülle auch den Willen Gottes. Lass mich meine Arbeit für die Menschen tun!"

Als der zwanzigste Tag ihrer Gefangenschaft gekommen war, blühte der Kirschzweig. Er hatte sich über und über mit weißen Blüten geschmückt. Zur gleichen Zeit kamen auch die Soldaten des Kaisers, um sie zum Richtplatz zu führen. Barbara nahm den blühenden Zweig in ihre Hände und sagte: „Einst warst du tot, jetzt bist du voller Leben. Ich vertraue darauf, dass Gott auch mir durch den Tod neues Leben schenken wird."

Seit dieser Zeit werden an ihrem Todestag, dem 4. Dezember, Zweige geschnitten und ins Wasser gestellt. Nach zwanzig Tagen stehen sie in voller Blüte und bezeugen das Wunder, dass uns durch den Tod das Leben geschenkt wird, so wie Jesus uns aus Gott geboren wurde. Deswegen gehören der Barbaratag und Weihnachten zusammen wie Leben, Tod und Auferstehung.

Der barmherzige Wirt

Die Rollen waren verteilt. Es war ein harter Kampf, bis der Kaplan alle Aufgaben des Weihnachtsspiels vergeben hatte. Natürlich wollten alle Mädchen die Maria und die meisten Jungen den Josef spielen. Bei den Hirten, mit dem Engel und der Elisabeth, die ganz am Anfang des Spiels auftreten sollten, gab es keine Schwierigkeiten. Selbst der kleine Chor, der die Überleitung zu den einzelnen Spielszenen herstellen musste, war schnell mit fünf Mädchen und drei Jungen besetzt.

Das große Problem war der Wirt. Ein Junge sollte nacheinander die drei Wirte spielen, die das heilige Paar unbarmherzig auf die Straße schickten. Zwei Väter, die mit ihrem handwerklichen Können der Jugendgruppe beigestanden waren, hatten eine wunderschöne Kulisse entwickelt. Unter ihren Händen war eine ganze Straßenzeile von Betlehem entstanden. Der Wirt musste nur auf der Rückseite entlang laufen, mal eine Türe, mal ein Fenster und mal den Flügel eines Tores öffnen und das heilige Paar abweisen, schließlich ganz wegschicken. Das einzig Positive an der Rolle war, dass er Maria und Josef am Ende nachrufen sollte:

„Hört! Draußen vor der Stadt
es eine große Stallung hat.
Dort findet ihr Heu und Stroh.
Seid nicht enttäuscht, seid lieber froh:
Besser ein Dach überm Kopf,
einen Herd und einen Topf,
als bei bitterer Kälte die Nacht
Ganz ohne Schutz im Freien verbracht."

Für diese Rolle war Peter ausersehen worden. Aber er hatte sich wie ein Verzweifelter dagegen gewehrt, den unbarmherzigen Wirt zu spielen – und das gleich dreimal. Der Kaplan konnte ihn nur mit goßer Mühe umstimmen und ihm den Text mit nach Hause geben. Die Zeit drängte. Schon übermorgen sollte die Hauptprobe sein; beim Kindergottesdienst am Heiligen Abend musste das Weihnachtsspiel in der Kirche aufgeführt werden. Erfahrungsgemäß kamen dazu viele Christen, meist junge Familien, aber auch die Großeltern. Es war eine große Ehre für die Firmlinge des Jahres, das Weihnachtsspiel aufzuführen.

„Wie war's, Peter?", fragte die Mutter, als ihr Sohn von der ersten Besprechung zurückkam. „Was spielst du? Einen Hirten?"
Peter warf das Textbuch wütend auf den Küchentisch: „Den Wirt spiele ich, ausgerechnet den Wirt muss ich spielen, und das gleich dreimal."
Peter verschwand heulend in seinem Zimmer.

Die Mutter nahm das Textbuch zur Hand. Die Rolle ihres Sohnes war rot angestrichen. Nach der Bitte des heiligen Paares um eine Unterkunft musste er hart und eindeutig antworten:

1. Wirt:
„Da könnte doch ein jeder kommen
und uns spielen hier den Frommen!
Weg, ihr Gesindel, aus der Stadt,
die seit Wochen keine Ruhe hat,
weil sich alle in Listen einschreiben,
die sich sonst nur im Lande rumtreiben.
Mein Haus ist voll bis unters Dach,
dass ihr arm seid, ist nicht meine Sach'.
Geht weiter, geht zum Nachbarn dort.
Ich hab zu tun, nun geht schon fort!"

Frau Wagners Sohn hatte ein weiches Herz. Sie ahnte, warum es Peter so schwer fiel, die unbarmherzigen Wirte zu spielen. Nach einem Zwischengesang durch den kleinen Chor, der die Unbarmherzigkeit und die Herzenshärte der Welt beklagte, klopfen Maria und Josef bei der nächsten Türe an:

2. Wirt:
„Wird es denn hier immer schlimmer?
Ich habe schließlich nur drei Zimmer.
Geld könnt' ich verdienen heut' wie Heu,
wenn ich nur Platz hätt', meiner Treu.
Hätt' euch gern die Denare abgenommen!
Leider könnt ihr nicht mehr unterkommen.
Versucht's dort unten, im letzten Haus.
Vielleicht geht's dort; nur schnell voraus!"

Wieder singt das Chörlein der Kinder. Schließlich geht das Paar zum Gasthof ganz am Ende der Straße. So will es das Textbuch, und Peter, ihr Peter, muss folgenden Text sprechen:

3. Wirt:
"Pack, Gesindel, böses Volk,
wenn ich alles aufnehmen wollt,
was derzeit streift durch unsre Straßen,
ich wär' vom guten Geist verlassen.
Das Haus ‚Zur Einkehr' wäre, ei der Daus,
ein bettlerschweres Armenhaus.
Verschwindet! Gehet zu den Schafen,
dort in den Höhlen könnt ihr schlafen.
Jetzt mach' ich meine Türe zu:
ich hoffe, es gibt endlich Ruh'."

Doch Josef und Maria können nicht mehr weiter. Die werdende Mutter stöhnt laut auf, und Josef bittet den Wirt um Erbarmen. Der antwortet, ein klein wenig versöhnlicher:

"Hört! Draußen vor der Stadt
es eine große Stallung hat.
Dort findet ihr Heu und Stroh.
Seid nicht enttäuscht, seid lieber froh:
Besser ein Dach überm Kopf,
einen Herd und einen Topf,
als bei bitterer Kälte die Nacht
Ganz ohne Schutz im Freien verbracht."

Frau Wagner ging mit dem Rollenbuch zu ihrem Sohn. Peter lag auf seinem Bett und weinte. So kannte sie ihn nicht; eigentlich spielte er gerne Theater. Schon im Kindergarten war er voller Begeisterung dabei. Jetzt aber...

Als sie ihn trösten wollte, schlug er um sich: „Ich will nicht den Wirt spielen", schluchzte er, „...nicht den Wirt!" – „Vielleicht kannst du nächstes Jahr der Josef sein?" Frau Wagner versuchte mit Peter zu sprechen. „Ich selbst habe früher immer nur einen Engel spielen dürfen. Die Hauptsache ist doch, dass du mitspielst. Komm her, ich helfe dir, die Rolle zu lernen." – „Nein, nein." Peter weinte in seine Arme.
Die Mutter ging und hörte lange nichts von ihrem Sohn. Als sie wieder nach ihm schauen wollte, um ihn zum Abendessen zu rufen, hörte sie aus dem Kinderzimmer:

„Da könnte doch ein jeder kommen
und uns spielen hier den Frommen!
Weg, ihr Gesindel, aus der Stadt,
die seit Wochen keine Ruhe hat,
weil sich alle in Listen einschreiben,
die sich sonst nur im Lande rumtreiben.
Mein Haus ist voll bis unters Dach,
dass ihr arm seid, ist nicht meine Sach'.
Geht weiter, geht zum Nachbarn dort.
Ich hab zu tun, nun geht schon fort!"

Erleichtert stellte sie den Tee auf die Wärmeplatte zurück. „Na also", dachte sie, „Peter wird schon vernünftig." Wenn er sich erst einmal in die Rolle hineingelebt hat, wird es schon klappen.

Fröhlich pfeifend kam Peter von der Hauptprobe zurück. „Ich habe einen Mordshunger", begrüßte er seine Mutter. „Wie war's denn?", fragte Frau Wagner. „Hast du deinen Text gekonnt?"

„Natürlich! Was hast du denn gedacht?", antwortete Peter auf beiden Backen kauend. „Der Kaplan war zufrieden und die Pfarrschwester auch. Hilfst du mir noch bei den Kleidern?", fragte er und schluckte den letzten Bissen Brot hinunter. „Ich brauche drei Hüte und drei Westen, weil ich doch auch drei Wirte spielen muss."
Frau Wagner war zufrieden: „Wir werden bei Großvater schon etwas Passendes finden", meinte die Mutter. „Wir könnten auch noch drei verschiedene Halstücher nehmen, damit du wirklich jedes Mal wie ein anderer Wirt aussiehst. Da werden die Zuschauer staunen."
„Und ob sie staunen werden", sagte Peter und es lag ein ernsthafter Ton in seiner Bemerkung, so dass Frau Wagner ihren Sohn prüfend ansah. Doch er meinte nur: „Lass uns die Sachen suchen..."
Später entfaltete Peter eine auffallende Geschäftigkeit in seinem Zimmer. Er probierte nicht nur die verschiedenen Hüte und Westen; er rief plötzlich auch durch die ganze Wohnung und fragte seinen Vater: „Was reimt sich auf Vanillekreme?"
Nach einer Pause fragte der Vater zurück: „Vanillekreme? Wozu brauchst du das? Mir fällt kein passender Reim ein."
Doch in Peters Zimmer blieb es still.

Die Kirche war am Nachmittag des Heiligen Abends bis auf den letzten Platz gefüllt. Viele Eltern waren mit ihren Kindern gekommen, die ungeduldig auf den Beginn des Spiels warteten. Nach dem gemeinsamen Eingangslied „O Heiland, reiß die Himmel auf..." begann das Weihnachtsspiel.

Der Engel, von einem Scheinwerfer angestrahlt, verkündete die Frohe Botschaft. Dann ging Maria über das Gebirge zu ihrer Base Elisabeth, um ihr, die auch schwanger war, zu sagen, dass sie ein Kind erwartete. Das Kind, auf das die ganze Welt sehnlichst wartete: Jesus, den Retter der Welt.

Elisabeth begrüßte Maria:

> *„Selig bist du, denn du hast geglaubt.*
> *Es erfüllt sich, was Propheten geschaut.*
> *Jetzt ist die Zeit, jetzt ist die Stunde:*
> *Gott ist nun in aller Munde."*

Maria antwortete darauf:

> *„Meine Seele lobet und preiset Gott,*
> *denn er rettet uns aus aller Not.*
> *Er hat Großes an mir getan.*
> *Selig preisen mich von nun an*
> *die Menschen alle und überall:*
> *Was Gott verspricht,*
> *erfüllt er auf jeden Fall."*

Für einen Moment wurde es ganz dunkel in der Kirche, dann richteten sich alle Scheinwerfer auf die Straße, die Betlehem darstellen sollte. Sie zog sich über den ganzen Altarraum, von einer Seite bis zur anderen. Maria und Josef tauchten rechts auf, um eine Unterkunft für sich und das kommende Kind zu suchen. An der ersten Türe klopften sie an; Frau Wagner zerknüllte nervös ihr Taschentuch. Jetzt kam der Auftritt von Peter. Das Oberlicht eines großen Fensters öffnete sich, ein Kopf mit Filzhut und rotem Halstuch erschien und mit harter Stimme war zu hören:

„Da könnte doch ein jeder kommen
und uns spielen hier den Frommen!
Weg, ihr Gesindel, aus der Stadt,
die seit Wochen keine Ruhe hat,
weil sich alle in Listen einschreiben,
die sich sonst nur im Lande rumtreiben.
Mein Haus ist voll bis unters Dach,
dass ihr arm seid, ist nicht meine Sach'.
Geht weiter, geht zum Nachbarn dort.
Ich hab zu tun, nun geht schon fort!"

„Gut gemacht!" Frau Wagner sah ihren Mann an. Der nickte zufrieden.

Schon hatten sich Maria und Josef müde zum nächsten Gasthof geschleppt, da öffnete sich auf ihr Klopfen hin das Fenster neben der Türe und ein unbarmherziger Wirt schrie:

„Wird es denn hier immer schlimmer?
Ich habe schließlich nur drei Zimmer.
Geld könnt' ich verdienen heut' wie Heu,
wenn ich nur Platz hätt', meiner Treu.
Hätt' euch gern die Denare abgenommen!
Leider könnt ihr nicht mehr unterkommen.
Versucht's dort unten, im letzten Haus.
Vielleicht geht's dort; nur schnell voraus!"

Maria und Josef zogen weiter. Man merkte es ihnen an, dass sie bald nicht mehr weitergehen konnten. Bei den Kindern in der Kirche breitete sich hörbar Mitleid mit dem Paar aus, das kein Dach über dem Kopf hatte, obwohl doch bald das Jesuskind kommen sollte. Wie können Menschen nur so grausam sein!

Noch einmal klopften sie an. Da öffnete sich das Portal des Gasthofes am Ende der Straße ganz weit. Peter trat heraus, diesmal mit Strohhut, heller Weste und blauem Tuch. Frau Wagner, die den Text fast so gut wie ihr Sohn beherrschte, flüsterte ihm innerlich vor: „Pack, Gesindel, böses Volk, wenn ich alles aufnehmen wollt, was derzeit streift durch unsre Straßen, ich wär' vom guten Geist verlassen ..."
Doch davon war nichts zu hören. Peter, ihr Sohn, ihr Peter, sagte stattdessen im freundlichen Ton:

„O heilige Frau, o lieber Mann!
Ich freu' mich, dass ihr endlich kommet an.
Kommt nur herein, kommt in mein Haus.
Esst und trinkt und ruht euch aus.
Das Beste wird euch aufgetischt;
sagt, was wünscht ihr euch als Gericht?
Braten? Gemüse? Paradeiser?
Dazu noch Wein, Bier, Vanillekreme?
Bleibt da, sonst müsste ich mich schämen..."

An dieser Stelle brach in der Kirche ein großes Durcheinander aus. Die Scheinwerfer erloschen. Frau Wagner hatte ihren Mann am Arm gepackt. „Um Gotteswillen", flüsterte sie, „was macht er bloß? Was sagt er bloß?"
Der Kaplan war inzwischen aus dem Hintergrund, von wo aus er den Spielern weiterhalf, wenn sie stecken blieben, zu den Kulissen gerannt, um Peter daran zu hindern, das heilige Paar in den Gasthof hinein zu ziehen. Auch Maria und Josef hatte es die Sprache ob solcher unerwarteter Freundlichkeit verschlagen. Das Paar stand ein wenig hilflos zwischen dem Kaplan und dem einladenden Wirt. Die Aussicht, zu einem herrlichen Essen eingeladen zu sein, ließ Maria und Josef den Ablauf der ganzen weiteren Geschichte vergessen.

Die Kinder in der Kirche retteten als Zuschauer die merkwürdige Situation. Sie fingen vor Freude über die Gastfreundschaft des Wirtes begeistert zu klatschen an. Sie freuten sich, wie es eben nur Kinder konnten, dass endlich ein Mensch Mitleid gezeigt hatte. Es machte ihnen nichts aus, dass der Weihnachtsgeschichte von Peter eine neue Wendung gegeben wurde. Schließlich klatschten auch die Erwachsenen, und eine fröhliche Stimmung breitete sich in der Kirche aus. Obwohl Jesus im Spiel noch gar nicht geboren war, war an diesem Nachmittag für die Jungen und die Alten in der Kirche bereits Weihnachten geworden. Auf ein Zeichen des Kaplans stimmte die Orgel das Lied an, das erst nach dem Krippenspiel gesungen werden sollte. Und alle sangen frohen Herzens mit:

„O du fröhliche, o du selige,
gnadenbringende Weihnachtszeit.
Welt ging verloren, Christ ist geboren:
Freue, freue dich, o Christenheit."

Frau Wagner Schloss ihren Sohn in ihre Arme und streichelte seinen Kopf. Dann flüsterte sie ihm ins Ohr: „Du bist ein guter Junge..."

Es wird
Friede sein

Das ganze Land befand sich wie im Krieg: Schießereien, Ausgangsverbote, Gewalttätigkeiten, Straßensperren, Streik, Terror, Arbeitslosigkeit beherrschten die Menschen. Rund um die Stadt Betlehem regierten nur Angst, Gewalt, Hunger und Hoffnungslosigkeit. Besonders schlimm waren die Nächte; niemand wagte sich dann noch auf die Straße.

In der Nähe der Hirtenfelder bei Za'atara, dort wo einst Jesus geboren wurde, lebten Beduinen in ihren Zelten, nahe einer kleinen Quelle, die jetzt im Winter etwas kräftiger sprudelte. Es wurde nachts empfindlich kalt, trotz des Feuers, das die Dunkelhäutigen im Küchenzelt entzündet hatten. Im Schein der kurzen Feuerflammen wälzte sich Mirjam unruhig auf ihrem einfachen Lager. Sie war ungefähr 15 Jahre alt, und die Stunde ihrer Niederkunft schien gekommen. „Yussuf", stöhnte sie, „Yussuf", und suchte vergeblich nach seiner Hand.

Der junge, dunkelbraune Mann in dem hellen Burnus stand unentschlossen am Zeltpfosten, ein wenig abseits von seiner jungen Frau. Was hier geschehen musste, war nicht Männersache. Bei der Geburt eines Kindes hatte ein Mann nichts zu suchen, obwohl er Mirjam am liebsten zärtlich in seine Arme genommen hätte.

Hannah, die Sippenälteste, beugte sich zur jungen Frau hinunter und massierte beruhigend ihren schmalen Leib, der sehr wenig von einer Schwangerschaft erkennen ließ. Der Gesichtsausdruck der Alten war besorgt. Sie wandte sich an Joach, ihren Mann, der mit seinen Brüdern und Vettern ein wenig hilflos am Zelteingang kauerte, rauchte und die knöchernen Würfel warf. „Mirjam muss ins Hospital gebracht werden. Schnell. Das ist keine normale Geburt. Ich kann ihr nicht mehr helfen."

Der alte Peugeot holperte auf der Wüstenpiste mit Mirjam, die, in Decken gehüllt, auf der Ladepritsche lag, Richtung Betlehem. Yussuf saß unbeholfen daneben. Er traute sich noch immer nicht, die Hand seiner jungen Frau zu halten, wie er es gerne getan hätte. Mirjam stöhnte bei jedem Schlag des Wagens auf. Joach fuhr so sorgsam er nur konnte, aber der Weg war schlecht und von den gelegentlichen kräftigen Regenfällen dieses Winters ausgespült; außerdem war höchste Eile geboten, wenn er das totenbleiche Gesicht der werdenden Mutter sah. Kurz vor Betlehem geriet der Wagen im Christendorf Beit Sahur in eine israelische Polizeisperre. Noch bevor ein junger Soldat in kugelsicherer Weste die seltsame Wagenladung kontrollieren konnte, überraschte sie ein Steinhagel. Junge Palästinenser bewarfen von den flachen Dächern aus den Militärposten. Yussuf warf sich über seine Frau und über das Kind, das nicht kommen konnte. Die israelischen Soldaten antworteten mit

Gummigeschossen und Tränengas. Von einem Stein seiner Landsleute getroffen, sank Joach am Steuer zusammen. Mirjam wimmerte nur noch leise vor sich hin; sie atmete kurz und schwer. „Sie stirbt!", schrie Yussuf und schüttelte einen Militärpolizisten, den er an seiner kugelsicheren Uniform gepackt hatte, „sie stirbt, weil sie ihr Kind nicht bekommen kann."

Itzhak, der Israeli, begriff sofort. Er schob den blutüberströmten Joach zur Seite, steuerte den Peugeot durch den Steinhagel und jagte ihn dann auf der nun asphaltierten Straße hinauf nach Betlehem. Es war stockdunkel geworden. Der Wagen schleuderte zwischen brennenden Autoreifen und aufgehäuften Felsbrocken in die Stadt, die an einen Steilhang aufgebaut war. In der Ferne leuchtete der Stern über einem großen Gebäude auf der Spitze eines Hügels: Das Babyhospital von Betlehem. Aber er schien unerreichbar, so tröstlich auch sein Licht erstrahlte.
Wieder ein Militärposten. „Stop!", gebot der Polizist und schaute verwirrt auf den Fahrer des palästinensischen Wagens in israelischer Uniform. „Sie stirbt! Meine Frau stirbt", jammerte Yussuf. Er hatte jetzt seine Frau in den Arm genommen und fest an sich gedrückt.
Itzhak, der Israeli, hielt den Peugeot nicht an und durchbrach hupend die Absperrung, um schneller in das Krankenhaus zu kommen. Schüsse aus der Maschinenpistole verfolgten ihn, Metall splitterte, eine Sirene heulte auf und gab Alarm. Der junge Soldat raste die Bergstraße hoch, das große Eisentor des Hospitals mit dem Davidstern öffnete sich und schloss sich sofort wieder. Krankenpfleger kamen mit einer Bahre, dann ein Arzt und die Hebamme.
Dann kehrte eine große Ruhe ein im weiten, überdachten Innenhof.

Yussuf, der Palästinenser, und Itzhak, der Israeli, saßen nebeneinander im hellen Gang des Hospitals, und beide lasen den Spruch des Propheten Jesaja an der Wand, der dort in arabisch und hebräisch geschrieben stand: „Das Werk der Gerechtigkeit wird der Friede sein, der Ertrag der Gerechtigkeit sind Ruhe und Sicherheit für immer. Mein Volk wird an seiner Stätte des Friedens wohnen, an stillen und ruhigen Plätzen" (32, 17,18). Ihre Augen begegneten sich und gaben einander wortlos ein Zeichen von Hoffnung und Zuversicht.

Die Türe des Kreißsaals öffnete sich nach geraumer Zeit. Die Hebamme ging auf Yussuf zu und sagte: „Es ist ein Mädchen. Kommen sie. Mutter und Kind geht es gut."
Da wandte sich der Beduine dem Israeli zu, führte die rechte Hand an Stirne und Brust und sagte: „Salam. Schalom. Es wird Friede sein."
Dann nahm er den Soldaten an der Hand und führte ihn in das Zimmer: „Jetzt ist es auch dein Kind", sagte er mit rauer Stimme...

Ben-Jamin

Wer von einem Dorf oder einer Stadt im Orient erzählen will, der muss wissen, dass die Siedlungen der Menschen dort wie verschlossene Burgen sind. Nur schmale Türen oder Durchlässe führen hinein in die engen Straßen und Gassen. Eisentüren und schwere Schlösser haben die Häuser uneinnehmbar gemacht. Kein Fenster zeigt auf die Straße; das ganze Leben spielt sich um den Innenhof des Hauses ab. Zutritt finden dort nur gute Freunde. So ist es auch in Betlehem. Sogar die Eingangspforte in die große Geburtskirche Jesu erweist sich als eine schmale, niedrige Türe, die man nur in gebückter Haltung und einzeln durchschreiten kann. Wer zum Kind in der Krippe will, muss sich wohl oder übel ganz klein machen. Wer aber drinnen ist, der fühlt sich aufgehoben und geborgen.

Es war in der Nacht zum 25. Dezember. Die lateinische Katharinenkirche neben der Geburtskirche war noch verschlossen, weil alles schon für die mitternächtliche Christmette vorbereitet war, die der Patriarch selber zelebrieren wollte. Bald würden die ersten Pilger aus Jerusalem kommen, die Kirche füllen bis zum Rand und den weiten Platz davor belagern. Bei den Griechen im Kloster war ebenfalls alles ruhig und still. Sie feierten Weihnachten erst am 6. Januar. Deshalb waren die guten Mönche in dieser Nacht bereits schlafen gegangen. Was ging sie das Christfest der Katholiken an!

Im Dunkel der langen Klostermauer aus hellem Kalkstein schlich sich eine verhüllte Frau an die enge Eingangspforte zur Geburtskirche heran. Wider alles Erwarten öffnete sich die schwere Eichenholztüre unter ihrem Druck und gab den Weg in die Basilika frei. Scheu schaute sich die Frau um und betrat mit einem Bündel, das in Schafwolle gepackt war, die heilige Halle. Hundertfach funkelten die Öllämpchen vor der Ikonenwand und tauchten die Kirche in ein sanftes und tröstliches Licht. Die schmale Frau tastete sich an den großen Säulen, deren Farbe dunkelbraun war wie ihr Gesicht, vorbei zum Altarraum. Rechts von der Ikonostase führte eine steile Treppe hinunter in die Grotte, die den silbernen Stern mit der berühmten Inschrift barg: „Hic est natus Christus" (Hier ist Christus geboren). Die Frau mit dem dunklen Wolltuch um Kopf und Schultern legte das Bündel zu Füßen des kleinen Altars nieder, der den silbernen Stern mit vielen flackernden Öllämpchen überspannte. Und lautlos wie sie gekommen war, verschwand die Frau nach der anderen Seite. Jetzt noch fester in das Tuch gehüllt, das ihre Jugend nicht preisgab.

Frater Aurelian, ein Hüne von einem Mann, der als Küster für den reibungslosen Ablauf der Weihnachtszeremonie zu sorgen hatte und besonders stolz darauf war, dass er vom

Patriarchen schon zweimal wegen seiner deutschen Gründlichkeit gelobt worden war, betrat zwei Stunden vor Beginn der mitternächtlichen Feier die Geburtsgrotte. Zum einen wollte er sich noch einmal davon überzeugen, dass alles in Ordnung war für die Prozession, die um Mitternacht von hier aus ihren Anfang nahm, zum anderen, weil er die stille Stunde liebte, die er hier in aller Ruhe verbringen konnte. In der Nacht zum 25. Dezember gehörte die Geburtsgrotte den Lateinern allein. Und ihm allein gehörte jetzt diese eine Stunde.

Aurelian warf sich auf den Boden, der zur Feier der Nacht mit einem roten Teppich ausgelegt worden war. Das heimische Sauerland zog an seinem Auge vorüber, sein Elternhaus, in dem sich jetzt die Familie seines älteren Bruders für die Christmette rüstete; er dachte an den Schnee und an die Kälte zu Hause, aber auch an Christstollen und Punsch. „Entschuldige, Herr Jesus, meine Gedanken", sagte er laut in die Stille des kleinen Raumes mit dem Tonnengewölbe und den schweren Ledertapeten, „aber an Weihnachten, da muss ich an Zuhause denken. Und du musst zugeben, in Deutschland ist das Fest viel schöner als hier." Aurelian schluckte und wischte sich verstohlen die Augen, als dürfe das Jesuskind seine Tränen nicht sehen.

Da war ihm, als vernähme er ein sanftes Atmen, leicht wie eine Feder. Und als seine Augen im milden Schein der Öllampen den Silbernen Stern suchen, fanden sie darauf ein Bündel. Ein Bündel mit einem Menschen. „Ein Kind", sagte Bruder Aurelian laut zu sich, „ein Beduinenkind, braun wie die Ledertapete in der Geburtsgrotte."

Ratlos starrte er auf das Bündel Mensch, das er in seine Arme genommen hatte. Aber dann siegte sein praktischer Sinn. „Das Kind braucht etwas zu trinken und dann eine Mama...", murmelte er und verschwand mit dem Bündel im unterirdischen Gang, der die Geburtsgrotte mit dem Kloster verband. Bald darauf tauchte er in der Küche bei Bruder Domingo auf, der alle Hände voll zu tun hatte, um nach dem Weihnachtshochamt den Patriarchen und die Gäste zu bewirten. „O Mama", jammerte der, als er das Kind in der Wolle sah. „Un bebé, un miraculo, una malaventura" (ein Kind, ein Wunder, ein Unglück). Als er mit seinen mehlbestäubten Händen nach dem Kind greifen wollte, scheuchte ihn Aurelian zum Herd zurück. „Wo ist Mariana?", fragte Aurelian mit kurzem Atem, „die hat Erfahrung!" Doch die Küchenhilfe feierte zu Hause mit ihren Eltern und Geschwistern Weihnachten, draußen vor der Stadt. Aurelian griff sich seinen braunen Wollpullover und wickelte das Kind sorgfältig ein; Mariana würde es über die Feiertage sicher versorgen, und dann müsste man weitersehen.

„Ich bin in einer knappen Stunde wieder da, Domingo", sagte er zum Koch und war schon mit dem Bündel durch den Hinterausgang verschwunden. Aurelian hastete mit dem Kind in Richtung der Hirtenfelder, denn am Rande von Beit Sahur, weit draußen, wohnte Marianas Familie. Doch seltsam, er konnte das Haus nicht finden, obwohl er die Palästinenserfamilie schon öfters besucht hatte. Er irrte mit dem Kind aus der Krippe in den Armen immer weiter hinaus in die Wüste. Die Sterne leuchteten glasklar am Himmel. Aurelian fröstelte und presste das Kind enger an sich. Plötzlich begriff er: Er hatte sich völlig verirrt. In den trockenen Wadis, die alle gleich aussahen, standen Tamarisken und Ölbäume; kein Weg war zu erkennen. Da spürte er Rauch in seiner Nase. Der kam von der anderen Seite des Flusstals. Auf halber Höhe des Hügels standen die Winterzelte einer großen Beduinensippe; bald sah er auch das Feuer.

Ganz außer Atem schlug Frater Aurelian das schwere Tuch zum Eingang des Zeltes zurück und stand mit seinem Kind im Schein des Feuers. Die Männer, eine gute Handvoll vielleicht, saßen im Halbrund und blickten den unerwarteten Gast in der braunen Kutte mit dem Menschenbündel erstaunt und fragend an. Aurelian zeigte auf das kleine Wesen in seinem Arm.

Doch bevor jemand auch nur ein Wort sagen konnte, stürzte aus dem Frauenzelt ein Beduinenmädchen auf Aurelian zu und riss ihm das Kind aus den Armen. Die Männer waren aufgestanden und bestaunten das Kind, das Mädchen und den Gast. Im gleichen Augenblick erklangen aus der Ferne die Glocken von Betlehem. Jetzt sang der Patriarch gerade die Weihnachtsgeschichte: „Und das soll euch als Zeichen dienen: Ihr werdet ein Kind finden …" Das Beduinenmädchen wiegte das Kind, wiegte ihr Kind in den Armen, und flüsterte immer wieder Ben-Jamin, mein Glückskind. „Ja, das Kind wird dir Glück bringen", sagte Aurelian mit belegter Stimme, „denn es ist die Nacht, in der Jesus geboren wurde, der Retter der Welt".

Als er sich auf den Heimweg machte, hatte er das Gefühl, dass auch er sein Glückskind gefunden hatte.

Operacion Navidad

Es war ein harter Weg übers Gebirge, den José und Maria gehen mussten. Er führte über das karge Hochland bis zu einem Pass, der so hoch lag, dass einem das Atmen schon bei der kleinsten Anstrengung schwer fiel. Bevor sich die steinige Straße wieder ins Tal senkte, fanden sie einen Kleinbusfahrer mit der Reparatur eines Rades beschäftigt; der Schlauch war auf der geschotterten Straße geplatzt.
„Wir müssen hinunter in die Stadt", sagte José, „da sind noch einige Papiere in Ordnung zu bringen, bevor..." Er deutete auf seine hochschwangere Frau.
„Es geht gleich weiter!", ermunterte sie Alfonso, der Chauffeur, „es wird sich für euch noch ein Plätzchen finden."
José half Maria auf die Ladefläche und zwischen leeren Fässern und vollen Säcken machten sie es sich bequem, wie es irgendwie ging. „Wir haben kein Geld!", hatte Maria noch zaghaft eingewendet, aber Alfonso ging mit einer Handbewegung darüber hinweg: „Heute du, morgen ich!"

Es war bitter kalt in dieser Höhe, und José, dessen Haut so zitronengelb war wie die seiner Frau, bedeckte die Schwangere sorgfältig mit seinem Poncho. Der Wagen rumpelte langsam die Gebirgsstraße hinunter und musste ständig tiefen Schlaglöchern ausweichen; es dauerte Stunden, bis endlich in der Ferne eine Siedlung auftauchte, eine kleine Stadt.

Es war heiß geworden. Alfonso hatte das Paar an der Tankstelle abgesetzt. Die beiden nahmen sich scheu an der Hand und gingen dicht nebeneinander in die Stadt hinein, die ihnen unendlich groß vorkam. Die vielen Menschen, die hupenden Autos und die schweren Transporter machten ihnen Angst. Sie fühlten sich unter ihren Landsleuten fremd und verloren.

Auf einem Platz, dem einige staubige Bäume ein bisschen Schatten spendeten, rasteten die beiden ein wenig. Neben ihnen im Staub wohl acht bis zehn Jugendliche, die Maiskuchen aßen oder Kokablätter kauten und mit Würfeln spielten. Plötzlich fuhren einige schwere Motorräder vor, ein Lastwagen mit Uniformierten folgte. „Alles aufstehen!", kommandierten die Polizisten in schwarzen Uniformen, den Revolver in der Hand. „Aufstehen und die Hände über den Kopf!" Erschrocken standen Maria und José auf, doch die Beamten achteten nicht auf das Paar. Mit harten Schlägen trieben sie die jungen Leute zum Lastwagen und transportierten sie ab. Blitzschnell war der Spuk verschwunden. Der Platz war wieder still und leer.

Maria weinte vor Angst und Schrecken, und José fragte einen Vorübergehenden, was das zu bedeuten habe. Der ließ sich nicht aufhalten und murmelte im Vorübergehen: „Operacion Navidad – Operation Weihnachten, verstehst Du? Zum Fest werden alle Nichtstuer eingesperrt. Die Stadt muss sauber sein an Weihnachten, sagt die Regierung."

José und Maria gingen weiter. Es war schon Nachmittag geworden. „Ich glaube, das Baby will heraus", stöhnte Maria. José setzte seine Frau auf ein Mäuerchen. „Bleib hier", sagte er, „ich laufe allein weiter nach den Papieren..." Der werdenden Mutter standen die Schweißperlen auf der messingfarbenen Haut. „Beeil' dich!", sagte sie, „ich..., wir haben nicht mehr lange Zeit."

Endlich kam José zurück. Seine Wege waren vergeblich gewesen; er hatte keine Papiere bekommen. Nächste Woche vielleicht, oder übernächste, vielleicht, aber nicht ohne Geld. Bei Maria hatten die Wehen wieder eingesetzt. „Es ist so weit", sagte sie fest. „Unser Kind kommt. Es wird eine gute Nachricht bringen für die Menschen; auch ohne Papiere..."
„Ja, eine gute Nachricht", sagte José ein wenig unbestimmt. Er wollte seiner Frau Trost spenden und Mut machen, aber er wusste nicht wie. „Suchen wir etwas", sagte er und half ihr auf die Beine. Sie gingen an langen Häuserblocks vorbei, die mit ihren vier, fünf Stockwerken alle gleich aussahen. „Ein Baby ohne Ausweispapiere", dachte José bei sich bekümmert; aber er wollte Maria das Herz nicht schwer machen.
Maria ging mühsam, aber tapfer an seiner Seite; es dämmerte schon. Endlich kamen sie an den Rand der Stadt. Da gab es flache Häuser, die alle um einen viereckigen Innenhof gebaut waren. Entschlossen ging José in eines dieser Häuser und kam kurz darauf winkend wieder heraus. „Komm, Maria, wir können hier bleiben! Da wohnen gute Leute."
Bevor José seine Frau in den Hof ziehen konnte, hörten sie wieder Sirenengeheul und im gleichen Augenblick kam ein Polizeiauto vorgefahren. Vier Polizisten stürmten heraus und rammten im Nachbarhaus ohne jede Vorwarnung eine

Holztüre ein, die zu einer Stallung führte. Mit drei jungen Männern, an Handschellen gefesselt, kamen sie heraus. „Operacion Navidad", sagte Ana bekümmert, die schnell vor das Haus getreten war und Maria nach innen zog. „Was wird aus unseren Kindern nur werden?"
Maria stöhnte und die Alte brachte sie in die Küche, die ihrer Familie auch als Wohnzimmer diente. „Ein Schluck Wasser?"
Maria trank und im gleichen Augenblick schickte sich ihr Baby an, das Licht der Welt zu erblicken.

Es dauerte nicht lange, bis der Junge mit hochrotem Kopf aus Leibeskräften schrie. „Es ist ein Junge", lachte José, „ein Junge". Und der blinde Großvater, der bislang teilnahmslos in der Ecke gesessen hatte, zitierte aus dem Gedächtnis: „Seht, ich bringe euch eine große Freude für das ganze Volk. Heute ist euch der Retter geboren, der Messias, der Herr..." Ana badete das Kind; Maria weinte vor Glück und flüsterte: „Operacion Navidad", der Befreier ist gekommen, und José lachte...

Das Kind
in der Krippe

Eilig machten sich die drei Schwestern auf den Weg. Es ist Weihnachten. Sie gehen in die Kirche. Nach alter Gewohnheit geht die ältere immer einige Schritte voraus, die jüngeren Schwestern folgen ihr im üblichen Abstand. „Beeilt euch!", wendet die Ältere sich um, „sonst ist kein Platz mehr vor der Krippe. Beeilt euch, bevor die Kinder alle kommen!" Die Jüngeren trippeln ein wenig schneller hinter der älteren Schwester her und kommen dabei fast außer Atem.

Nur wenige Leute sind in der Kirche. Rechts vom Hochaltar steht die große Krippe – die drei Schwestern haben sie vor Jahren gestiftet. Es ist eine besondere Krippe. Sie kommt aus Oberammergau. Ihre Figuren sind lebensgroß. Die drei Schwestern lieben besonders das Jesuskind zwischen Maria und Josef. Es ist ein strammer Junge; er lächelt aus seinem Lindenholzgesicht fröhlich in die Welt und hat die rechte Hand wie zum Segen erhoben.

„Das Jesuskind segnet uns, es segnet uns!", pflegen die drei Schwestern jedes Jahr wie aus einem Mund zu sagen, „denn es ist unser Jesuskind!"
„Wo bleibt ihr nur?", fragte die ältere Schwester ungeduldig. „Wir müssen doch sehen, ob der Küster wieder alles richtig gemacht hat. Wir müssen doch unser Kind sehen!"
„Ja, unser Kind!", sagten die beiden anderen Schwestern wie aus einem Munde, als sie vor der Krippe stehen. Die Krippe ist nur schwach erleuchtet. Aber alles ist aufgebaut, wie immer, das Stroh, die Weihnachtssterne, das Tannengrün, der Ochs und der Esel.
Da schreit die Ältere schrill: „Das Kind. Seht, das Kind. Es ist nicht unser Kind!"
Die beiden anderen fassen sich erschrocken an den Händen. Jetzt sehen sie es auch. Das ist nicht ihr Kind. Dieses Kind lebt, es bewegt seine Ärmchen und zappelt mit den Füßen. Jetzt beginnt es zu schreien, doch das zarte Stimmchen kommt nicht weit in der großen dunklen Kirche. Um so lauter schreit die älteste Schwester: „Das ist nicht unser Kind. Das Kind lebt. Es ist ein schwarzes Kind!"
Entschlossen zerrt sie die beiden jüngeren Schwestern aus der Kirche. „Wir gehen zum Küster. Welch eine Schande! Ein farbiges Kind in unserer Krippe!"

Es dauert lange bis der Küster mit in die Kirche geht. Er weiß, dass noch gar kein Kind in der Krippe liegen kann; erst am Abend, bei der Mette... So hat er's mit dem Pfarrer für dieses Jahr besprochen. – Doch wirklich! Ein lebendiges Kind liegt in der Krippe. Ein farbiges Kind; vielleicht drei oder vier Tage alt, in Windeln gewickelt.
„Das Kind muss weg!", fordern die drei Schwestern wie aus einem Munde. „Es ist nicht unser Kind. Es ist das Kind eines Ausländers. Das richtige Kind muss in die Krippe!"

Sorgsam nimmt der Küster das schwarzbraune Kindlein aus der Krippe und bringt es zu seiner Frau. Mit dem richtigen Kind aus Lindenholz kommt er zurück. Da knien die drei Schwestern zufrieden nieder und beten. Dann gehen sie nach Hause, um Weihnachten zu feiern. Die Ältere geht voran und die beiden Jüngeren folgen ihr mit einigem Abstand. Für die drei ist die Welt wieder in Ordnung.

Der kleine Jonatan

Eines Nachts stand ein merkwürdiges Zeichen am Himmel. Ein Stern, wie ihn noch niemand gesehen hatte. Er war ganz einfach da. Und in der nächsten Nacht leuchtete er wieder am westlichen Abendhimmel. Er überstrahlte alle anderen Sterne mit seinem Schein, und es schien, als würde der neue Stern mit jeder Nacht heller und schöner. Ein Stern, wie um eine gute, große Botschaft zu übermitteln.
Jonatan erinnerte sich an Großvater Jakob, der in seinen alten Tagen damit begonnen hatte, jeden Abend den Himmel nach einem Zeichen abzusuchen. Noch in der Nacht, als er starb, hatte er sein Lager ins Freie tragen lassen, um nach den Sternen sehen zu können. „Ein Stern wird aufgehen über Jakob und eine Herrschaft über dem Volk Israel", murmelte Großvater noch, als er starb.
Jonatan, der Enkel, starrte den Himmel an. Das musste er sein, der Stern, auf den Großvater gewartet hatte. „Der Messias wird kommen und sein Volk erlösen", hatte Jakob sei-

nen Enkeln gesagt, und auf ihre drängenden Fragen „wann denn?", pflegte er nur zu antworten: „Wenn der große Stern am Abendhimmel erscheint..." Während Jonatan noch den Stern betrachtete, der aussah, als kröne er die Spitze eines nahen Berges, hörte er das Rufen von Hirten, die ganz in der Nähe seines Elternhauses die Schafe in einem Pferch gesammelt hatten: „Der Messias ist geboren. Wir wollen nach Betlehem gehen. Der Herr hat es uns durch seinen Engel verkündet. Sein Stern ist am Himmel aufgegangen."
Da hielt es auch Jonatan nicht länger. Er nahm seine Flöte und lief den anderen voraus nach Betlehem. Der Stern machte die Nacht fast zum Tag, er leuchtete beinahe so hell wie der Mond, wenn er groß und rund ist. Jonatan lief so schnell er konnte; er wollte der erste sein, der den Messias erblickte, den großen König, auf den Großvater gewartet hatte. Er wollte der erste sein, der dem Herrscher ein Lied spielte. Er und kein anderer.
Als erster stand er im Stall. Er starrte auf das Kind, das winzig und in Windeln gewickelt auf Stroh in einer Futterkrippe lag. Ein Mann im Überwurf, wie ihn die Hirten tragen, und eine junge, ebenso ärmliche Frau schauten ihn freundlich an. In diesem Augenblick kamen die anderen Hirten; sie waren ganz außer Atem. Sie fielen auf die Knie und sagten: „Hosanna und halleluja, der Messias ist geboren." Ihre Freude war riesengroß, doch das Herz des Jonatan erstarrte. „Das sollte der große und mächtige König sein, der Befreier Israels, den Großvater ihm versprochen hatte?" Jonatan war bitter enttäuscht. Er griff seine Flöte fest um ihren schlanken Hals: „Nein, hier würde er sein Lied nicht spielen. Die gleiche Armut wie hier im Stall, die fand er auch zu Hause."
Jonatan ging hinaus; ganz klein, eng und kalt war sein Herz geworden. Langsam ging er den weiten Weg zurück; ab und

zu stolperte er über die Felsbrocken. Auch der Stern, so schien ihm, leuchtete gar nicht mehr so hell wie vorher.
Auf halbem Weg setzte er sich, um auf die anderen zu warten. Da hörte er aus der Ferne ein leises Weinen. Ganz dünn drang ein Stimmchen unten vom Tal hinauf in die Höhe, wo Jonatan saß. Er fror und wollte das Weinen nicht hören. Deswegen stand er auf und lief nach Hause. Seine Kinderhoffnung war betrogen. Warum hatte ihn Großvater, den er so liebte, enttäuscht? Doch das Weinen des Kindes verfolgte ihn auch dann noch, als er es längst nicht mehr hören konnte; er vernahm es noch, als er sich zu Hause auf sein Strohbett legte und sich mit einem Schaffell zudeckte. Jonatan konnte nicht einschlafen; er sah die großen, freundlichen Augen des Kindes; er sah die kleinen Hände, die sich nach ihm ausstreckten.

Das Weinen des Kindes zwang ihn nach Betlehem zur Krippe zurück. Da stand nun Jonatan zum zweitenmal. Er sah, wie die Frau, der Mann und die Hirten das weinende Kind zu trösten versuchten. Da konnte er nicht mehr anders. Er zog die Bambusflöte aus seinem Ärmel und spielte sein Lied. Es war eine traurige Melodie, die er blies. All seinen Kummer, seine Not und seine ganze Enttäuschung legte er in die Töne hinein. Das Kind in der Futterkrippe wurde still. Jonatan hatte das Gefühl, dass es ihn anschaute.
Als er sein Lied beendet hatte, lächelte das Kind und streckte seine Händchen nach ihm aus. Da wurde es ihm ganz warm ums Herz, und seine Augen füllten sich mit Wasser. Als die ersten heißen Tropfen über sein Jungengesicht gerollt waren, wurde es Jonatan ganz leicht, er wurde froh und vergaß alles, was er sich von einem großen und mächtigen König erwartet hatte. Das Lächeln dieses Kindes beschenkte ihn mehr, als es Geld und Gold gekonnt hätten.

Als er den Mann anblickte, der neben der Krippe saß, gestützt auf seinen Stock, hatte er für einen Augenblick den Eindruck, als lächle ihm sein Großvater Jakob zufrieden und glücklich zu.

Der geborgte Enkel

„Das ist ein typischer Fall für eine ‚soziale Indikation'", schnarrte die Beamtin des Jugendamtes. Sie hatte erst gar nicht hingehört. Solche Fälle hatte sie jeden Tag. Blutjunge Frauen, die nicht einmal wussten, von wem das Kind war, das sie erwarteten. „Aber ich...", wandte die junge Frau ein. Frau Berghof beachtete den Einwand nicht. „Am besten, Sie bringen die Sache schnell hinter sich. Füllen Sie diese Liste aus; ich gebe Ihnen dann noch ein Verzeichnis der Ärzte. Einen von ihnen müssen Sie zuvor noch zur Beratung aufsuchen. Was Sie sonst noch wissen müssen, lesen Sie am besten in der Informationsschrift nach."
„Wie heißen Sie eigentlich?" Frau Berghof schaute zum ersten Mal von ihrem Schreibtisch auf. Da stand fast noch ein Mädchen vor ihr, eigentlich ganz hübsch in ihrem hellgemusterten Waschkleidchen.
„Hanna. Hanna Weiß", sagte die junge Frau.
„Gut", erwiderte die Beamtin. „Hier sind Ihre Unterlagen.

Wenn alles erledigt ist, kommen Sie bitte wieder bei mir vorbei. Wir werden dann weitersehen. Erst müssen die Papiere stimmen..."

Als sich die Türe überraschend schnell und sacht geschlossen hatte, blieb Frau Berghof einen Augenblick unbeweglich vor ihren Papieren sitzen. Wie lange machte sie das jetzt schon im Auftrag der Stadt? Es war immer das gleiche Lied: Schwangere Frauen, mal jünger, mal älter, kamen, holten sich ihre Papiere, ließen es nach der vorgeschriebenen Beratung machen, tauchten gelegentlich wieder auf, wenn es mit der Sozialhilfe nicht klappte, oder kamen manchmal schon nach Jahresfrist wieder, weil sie wieder schwanger waren.
„Hanna", sagte die Fürsorgerin laut zu sich, wie um sich zu entschuldigen: „Ich bin müde und hart darüber geworden." Hanna Weiß? Wo hatte sie den Namen schon einmal gehört? Sie suchte, fand aber keinen Vorgang in der Registratur. „Neu also", dachte Frau Berghof. „Neu, und dann immer wieder. Wer einmal bei uns auftaucht..."

Als Frau Berghof ihren Wagen nach Dienstschluss nach Hause steuerte, fiel ihr plötzlich der Name wieder ein, und ein Zusammenhang entstand. „Weiß, Hanna Weiß...", das muss doch die Tochter eines älteren Paares aus der gleichen Straße sein. Sie hatte sich vor vielen Jahren, waren es fünfzehn?, nein zwanzig!, mit der schlanken Frau öfters unterhalten, sogar ein wenig angefreundet und die Sorgen mit ihr geteilt, weil sie keine Kinder bekommen konnte. Die Weißens hatten an eine Adoption gedacht und Frau Berghof wollte dabei helfen; die Sache war schon sehr weit gediehen, als Frau Weiß überraschend schwanger geworden war. Frau Berghof hatte gratuliert, als Hanna, ja, das Mädchen

hieß Hanna, geboren war. Dann hatte sich der Kontakt verloren. Die Familie Weiß war glücklich und hatte ihre eigenen Aufgaben.
Sollte diese Hanna wirklich...?
Frau Berghof wunderte sich, als ihr Auto wie selbstverständlich vor dem dreistöckigen Haus anhielt, wo die Familie Weiß noch wohnen musste. Richtig. „Alfred und Beate Weiß" stand auf dem Klingelschild. Entschlossen läutete Frau Berghof und wartete. Als sich nichts tat, klingelte sie noch einmal. Aber die Türe blieb geschlossen. Nachdenklich ging Frau Berghof zu ihrem Auto zurück. Plötzlich stand Frau Weiß vor ihr. Die Beamtin erschrak, als sei sie von einer Politesse beim Falschparken erwischt worden. „Wir haben uns schon lange nicht mehr gesehen", begann Frau Weiß, „sie wollten doch nicht etwa uns besuchen? Wir haben uns schon lange nicht mehr gesehen." Frau Weiß forschte im Gesicht ihres Gegenüber. „Nein, nein!", sagte Frau Berghof. „Ich war nur in der Gegend, und da wollte ich..." – „Trinken wir eine Tasse Kaffee zusammen", Frau Weiß sprach die Einladung etwas verlegen aus, „mein Mann ist noch im Garten, den wir seit zwei Jahren bebauen, seit Hanna aus dem Haus ist."

„Milch?" – „Nein, danke. Ich trinke den Kaffee immer schwarz. Ich habe mir das im Amt so angewöhnt", antwortete Frau Berghof, als müsse sie sich entschuldigen. Es war eine merkwürdig beklommene Situation. Die beiden Frauen saßen sich ziemlich sprachlos gegenüber. Keiner konnte das entscheidende Wort „Hanna" aussprechen. Frau Weiß suchte mühsam ein gemeinsames Thema, und Frau Berghof stellte keine Fragen.
„Nun muss ich aber gehen; schön, dass wir uns wieder einmal gesehen haben."

Erleichterung auf beiden Seiten und schnelle Verabschiedung. „Bis bald einmal wieder", sagte Frau Weiß, und es klang wie „hoffentlich nicht so bald".

Die Fürsorgerin traf Hanna überraschend noch am gleichen Tag. Sie hatte ihren Wagen nach dem Einkaufen um die Ecke abgestellt, wie sie es gewohnt war, und traf kurz vor ihrem Hauseingang so unvermittelt auf das junge Paar, dass es für beide Seiten keinen Ausweg gab.
„Das ist Elkalil", stellte Hanna den jungen Mann vor: „Er ist Inder", und, so fügte sie schnell hinzu, „der Vater meines Kindes. Wir wollen heiraten; Elkalil studiert noch, er steht vor den letzten Prüfungen; und er hat schon eine Stelle", sagte sie fast ein wenig trotzig. Elkalil verbeugte sich leicht und reichte Frau Berghof seine schmale Hand. Die Fürsorgerin schaute in sein hellbraunes Gesicht, dann sah sie Hanna an. In diesem Augenblick wusste sie, dass sie etwas an dieser jungen Frau gutzumachen hatte.
„Kommt mit nach oben", sagte sie entschlossen.
Nach wenigen Sätzen war alles klar. Hanna wurde aus dem Haus gewiesen, als sie den Eltern sagte, dass sie schwanger sei. Herr Weiß hatte es nicht verkraftet, dass seine einzige Tochter ihn so enttäuscht hatte. Als er erfuhr, dass der Vater des Kindes ein Ausländer war, ließ er überhaupt nicht mehr mit sich reden und verbot auch seiner Frau jeden Kontakt.
„Das war es", sagte Hanna, „was ich Ihnen im Amt eigentlich sagen wollte. Ich dachte, Sie könnten vielleicht helfen. Meine Eltern sprachen öfter von Ihnen, dass sie eine gute Fürsorgerin seien."
„Eine gute Fürsorgerin?" Frau Berghof lächelte ein wenig verlegen. In wenigen Wochen wollte sie in Pension gehen. Ihre Zeit war abgelaufen. Ja, sie war wirklich hart geworden in ihrem Beruf; die Phantasie war ihr ausgegangen und

der Bürobetrieb hatte mit Bergen von Akten viel von ihrer früheren Einsatzfreude genommen.

„Sie verlangen viel von mir, Frau Berghof", widersprach die Oberin des Städtischen Waisenhauses. „Ich kann es nicht verantworten, wenn Sari etwas passiert. Das Kind ist erst fünf Monate alt.
„Denken Sie doch an früher, Schwester Oberin! Manches, was wir da gemacht haben, war neben der Legalität, aber den Kindern hat es geholfen. Schwester Anaberta kommt mit. In einer Stunde sind wir wieder da. Beten Sie, dass wir Erfolg haben." Anaberta stand mit dem kaffeebraunen Sari im Arm schon auf der Treppe. Frau Berghof fühlte sich wie jung, und die Oberin schaute etwas zweifelnd hinter den dreien her, als sie das Haus am Berliner Ring verließen.

Herr Weiß band gerade seine Tomaten hoch, als er Frau Berghof mit dem farbigen Kind auf dem Arm den Kiesweg herunterkommen sah. Ihm stockte das Herz; sollte Hanna wirklich schon...?
Die erfahrene Fürsorgerin erkannte mit einem Blick die Lage. Sie überreichte dem überraschten Mann das Bündel mit dem Kind und fragte, im Ton etwas härter, als sie eigentlich wollte: „So etwas wollen Sie natürlich nicht in Ihrem Hause haben. Für einen Enkel und seine Mutter ist da kein Platz mehr, nur weil Ihr Stolz getroffen wurde. Denken Sie doch zurück, als Hanna so klein war."
Es kam zu einem langen Gespräch, so dass Schwester Anaberta, die im Auto wartete, die Geduld verlor und in den Garten kam. Schon von weitem sah sie, dass der Plan geglückt war; Herr Weiß wiegte das Kind in seinem Arm, das

nicht sein Enkel war. Aber Sari hatte einem kommenden Enkel den Weg bereitet.

Noch nie fuhr Frau Berghof von einer Dienstfahrt so fröhlich nach Hause wie heute. Für sie war mitten im August Weihnachten.

Der sterbende Stern

Das Raumschiff Space raste mit mehrfacher Lichtgeschwindigkeit durch die Nacht des Weltalls. Auf der Erde schrieben die Menschen das Jahr 2105. Charles saß vor dem großen Monitor, der die ganze Frontseite des Schiffes einnahm. Grün und Blau leuchteten Punkte auf, wurden größer und verschwanden. Jeder Punkt bedeutete einen Himmelskörper, eine lebende Sonne oder einen erloschenen Stern. Zarte akustische Signale begleiteten ihr Kommen und Gehen. Es klang wie die sanfte Musik eines Himmels irgendwo. Charles summte die Sternenmelodien mit und es wurde ihm dabei ganz seltsam zumute.
Im Hintergrund arbeiteten zwei Roboter an den Bordcomputern. Es waren die beiden einzigen „lebenden" Wesen, die Charles auf seiner einsamen Reise begleiteten. Seit drei Jahren taten sie ihre Arbeit ohne jede Unterbrechung. Selbst wenn Charles auf ein Signal hin für sieben Stunden in tiefen Schlaf fiel, ebenfalls computergesteuert, arbeiteten die

Roboter weiter; sie kontrollierten und korrigierten die Flugbahn nach den Kommandos, die das interstellare Raumfahrtzentrum per Funk übermittelte. Wenn Charles automatisch geweckt wurde, fand er auf dem Bildschirm die exakten Daten über den zurückgelegten Flug.
Charles konnte sich mit den Robotern sogar unterhalten. Bob, ein Roboter der 4. Generation antwortete durchaus vernünftig auf einfache Sätze; Mac dagegen konnte mit seiner Maschinenstimme nur die Aufträge wiederholen, die ihm gegeben worden waren. Letztlich aber war Charles allein, die Roboter waren und blieben, trotz ihrer gewissen Intelligenz, Maschinen. Sie sorgten zwar für sein Leben, stellten zur rechten Zeit die Astronautennahrung bereit, entsorgten das Raumschiff, Bob züchtete sogar Algen und betreute die essbaren Pilzkulturen. Aber es waren keine Menschen. Weder Bob noch Mac zeigten irgendeine Regung. Sie kannten weder Freude noch Schmerz, sie zeigten keine Gefühle der Überraschung und fühlten sich nicht durch die ungeheure Weite des Alls, durch die ihr Schiff raste, bedroht. Auch das Gefühl der Einsamkeit bedrückte sie nicht; sie wussten nicht, was Heimweh war.
Umso mehr fühlte sich Charles in dieser Stunde einsam. Gewiss, er hatte sich vor fünf Jahren für diese Fahrt an die Grenzen der Welt freiwillig gemeldet. Zwei Jahre lang war er intensiv darauf vorbereitet worden, mit einem vollautomatischen Raumschiff möglichst nahe an eine kosmische Katastrophe heranzukommen, um Daten über den Zusammenbruch eines ganzen Sonnensystems zu sammeln. Die Wissenschaftler brauchten noch letzte Gewissheiten für ihre Theorie über die Entstehung der Welt.

Charles war schon immer ein Einzelgänger gewesen. Ohne Mutter aufgewachsen, hatte ihn sein Vater schon früh in seine wissenschaftlichen Arbeiten hineingezogen. Sein Werdegang war dann folgerichtig: Studium, dann Praktikum bei der Europäischen Weltraumbehörde. Nach einem wissenschaftlichen Aufenthalt in China und Amerika und nach einem Spezialtraining auf dem Mars kehrte er als Leiter der interstellaren Kommission nach Europa zurück. Als er fünfzig Jahre alt geworden war, hatte er sich um diesen waghalsigen Flug beworben, der mindestens sieben Jahre dauern sollte. Ausdrücklich war er darauf vorbereitet worden, dass es ein Flug ohne Wiederkehr sein könne. Doch Charles, der keine Familie und auch keine Freunde hatte, fühlte sich für diese Mission wie berufen.

Er starrte auf den Monitor. Die grünen und blauen Punkte waren größer geworden; eine Kontrollanfrage bestätigte dies. Bob nannte auch die Gründe, die das Bordbuch automatisch notierte, speicherte und gleichzeitig zur Erde funkte. Sie waren in die unmittelbare Nähe des untergegangenen Sonnensystems geraten. Es galt jetzt, die Daten zu sammeln, abzuspeichern und zur Sicherheit auf zwei verschiedenen Wegen dem wissenschaftlichen Zentrum auf der Erde zu übermitteln. Die Empfangsanlagen dazu standen an der Nordwestküste Spaniens und in den Bayerischen Alpen. Für einen Augenblick versuchte sich Charles die Berge vorzustellen, Wiesen und Wasserfälle.
Er wollte sich an den Geruch der Blumen und Kräuter erinnern und an die kristallene Kälte des Schnees, als ihn Mac aus den irdischen Träumen riss: „Bordbox in. Dat. coll." Mac sprach in seiner aufs Notwendigste verkürzten Redeweise und schaltete gleichzeitig die Apparaturen ein. Die Mission kam zu ihrem Höhepunkt. Charles wusste, dass jetzt auch in den beiden Kontrollzentren der Erde gespannte Aufmerksamkeit herrschte.

Und doch war Charles mit sich allein; er brauchte nichts zu tun. Alles funktionierte reibungslos. Wie zum Spiel schaltete er den kleinen Computer ein, der rechts in die Armablage des Steuerungssessels integriert war. Er fragte nach dem aktuellen Datum auf der Erde. „23. Dezember 2105" erschien auf dem Bildschirm. Dann, in der zweiten Zeile, leuchtete die Frage auf: „Weitere Informationen?"
„Weitere Informationen?", dachte Charles laut. „Vor 30 Jahren hatten sie auf der Erde Weihnachten abgeschafft. Für dieses Fest gab es keinen Bedarf mehr."
Charles kam ins Nachdenken. Gott? Auf der ganzen langen Reise ist er keinem Gott begegnet. Wo könnte dieser Gott auch sein? An Tausenden von Sternen war sein Raumschiff vorbeigerast. Der Computer konnte ihm leicht errechnen, wieviele Sonnensysteme das All zählte, wieviele Erden möglich sind. Und da sollte ein Gott, falls er überhaupt existierte, seine Vorliebe für einen winzigen Planeten am Rande einer eher bescheidenen Milchstraße entdeckt haben. „Stille Nacht, heilige Nacht..." summte Charles leise in sich hinein und versuchte mit einer fast ärgerlichen Handbewegung die Melodie sofort wieder wegzuwischen. „Merkwürdig", dachte er, „wie sich die Kindheitserinnerungen festsetzen." „Stille Nacht", das war das einzige Lied, das er seinen Vater je hat singen hören...
„Gott ist Mensch geworden!" Charles schüttelte unwillig den Kopf, als müsse er das Wort und den Gedanken aus sich vertreiben. „Nein", dachte Charles weiter, „der Mensch ist letztlich einsam und verloren, so wie ich auf dieser Reise durch die Finsternis des Alls. Noch weniger als ein Lichtpunkt, der auf meinem Bildschirm vorüberzieht. Da ist kein Gott."
Und noch einmal wiederholte er laut, als müsse er sich selbst bestätigen: „Da ist kein Gott!"

Bob riss ihn aus den Gedanken. „Erste Daten gespeichert", schnarrte der Roboter. „Berechnungen laufen an..." Charles schaltete auf die Sichtanzeige des Roboters um. Zahlen und Kurven liefen über den Schirm und verdichteten sich zu langen Kolonnen, lösten sich wieder auf, ergänzten sich; neue Daten kamen hinzu. Der Computer korrigierte. Es dauerte vielleicht eine halbe Erdenstunde, bis eine Zahl mit 25 Stellen auf dem Bildschirm feststand. Sie änderte sich nun nicht mehr. Aus einem Trend war eine feste Sicherheit geworden:

„25368.49048.38188.22123.82819"!

Charles starrte die Zahl an. Die Chiffre notierte den Zeitpunkt, an dem der gewaltige Stern, auf den sie zurasten, am hellsten aufgeleuchtet war, bevor er in einer gewaltigen Explosion in sich zusammenstürzte und ein ganzes Planetensystem mit in sich hineinriss und vernichtete. Was man im interstellaren Zentrum auf der Erde so sehnsüchtig erwartete, seine Augen waren die ersten, die das Datum dieser gewaltigen kosmischen Katastrophe erblickten, eine Zahl mit 25 Stellen. Nur ein Druck auf die Taste „Z" war nötig, und der Computer rechnete auf Erdzeit um. Es dauerte nicht einmal 30 Sekunden, da leuchtete auf dem Bildschirm auf:

„6 v. u. Z."

Charles schlug die Hände vors Gesicht. Das konnte doch nicht wahr sein! Das Jahr 6 vor unserer Zeitrechnung, das war das Jahr der Geburt Jesu, des Sohnes Gottes, in Betlehem, im letzten Winkel der Erde!
„Mein Gott!" Charles rief es laut in die Stille des Raumschiffs, „mein Gott, im Jahr 6 leuchtete die Supernova am

südlichen Himmel zwischen Jupiter, dem Königsstern, und Saturn, dem Stern Palästinas auf und überstrahlte für kurze Zeit mit ihrem Glanz den orientalischen Horizont. Das Licht für Weihnachten! Die gewaltige kosmische Katastrophe hatte ein Gott inszeniert, um die Geburt seines Sohnes auf der Erde anzuzeigen. Der Stern, zu dessen Resten er unterwegs war, hatte die ferne Menschheit in Bewegung gesetzt und zu einem Stall geführt, damit sie dort niederknien und anbeten konnte.
Diese Erkenntnis zwang Charles in die Knie. „Es gibt einen Gott!", murmelte er, „mein Gott, es gibt dich, Gott...", wiederholte er, während das Raumschiff immer schneller wurde, angezogen durch die ungeheure Schwerkraft des schwarzen Lochs. Die Alarmanlagen der Computer schrillten und teilten Sekunden später in ihrer sachlichen Sprache mit, dass es für das Raumschiff jetzt keine Möglichkeit zur Umkehr mehr gebe.

„Ja, es gibt einen Gott", bekannte Charles und erhob sich von seinen Knien. Eine Umkehr war jetzt nicht mehr nötig.

Die Augen

Ich heiße Salome, müsst ihr wissen. Mein Name bedeutet: Friede, Glück, Freundschaft. Es ist ein schöner Name, den mir meine Eltern gegeben haben. Lange genug haben sie auf mich warten müssen; ihre ersten zehn Jahre blieben kinderlos, aber dann kam ich. Mädchen bedeuten in einer orientalischen Familie nicht viel. Aber mein Vater, dem zwischen Betlehem und dem Wadi Qidron die meisten Felder gehörten, muss vernarrt in mich gewesen sein. Ich konnte wie ein Junge aufwachsen, mit allen Vorteilen, die eine reiche Familie zu bieten hatte. Der Bruder meiner Mutter widmete sich ganz meiner Erziehung; er brachte mir Lesen und Schreiben bei; sogar das Rechnen. Als ich mit der ganzen Familie mein achtes Pessachfest feiern konnte, durfte ich an Vater die wichtigen Fragen stellen, was sonst nur ein Junge darf:

„Vater, warum sind wir heute beisammen, vorbereitet wie zu einer großen Reise...?" – „Vater, warum essen wir miteinander ein Lamm, das im Vorhof des Tempels von Jerusalem

geschlachtet wurde...?" – „Warum essen wir heute ungesäuertes Brot und tauchen es in Bitterkräuter...?"
Vater Benaja freute sich über meine Fragen und beantwortete sie weit über die vorgeschriebene Liturgie des Pessachfestes hinaus. Ich erinnere mich noch sehr gut daran, als er zum Ende des Festes aufstand, einen Becher mit Wein erhob und sagte: „Wenn überall in der Welt dieses Fest gefeiert wird, dann wird der Messias kommen." Er trank feierlich den Becher aus, und unsere ganze Familie antwortete: „Gepriesen sei er, wenn er kommt."

Als ich zwölf Jahre alt war, starb mein Vater. Mutter übernahm, zusammen mit ihrem Bruder, meinem Onkel Jakim, die Verwaltung des Gutes. Unserer Familie gehörten die meisten Schafherden, die zwischen Betlehem und dem Grab der Rachel weideten. Unser besonderer Reichtum aber bestand in den Olivenbäumen, die mein Urgroßvater und mein Großvater auf den sogenannten Hirtenfeldern angepflanzt hatten; dazu kamen noch die uralten Tamarisken, die im Wadi Qidron gediehen, weil in der Frühjahrszeit ziemlich viel Wasser von Jerusalem herabkam. Als Mutter starb, war ich eine junge Frau, umworben von den Männern der Stadt. Ich sah Machli, den Sohn des Ölhändlers sehr gerne, und auch er hatte ein Auge auf mich geworfen. Mein Onkel Jakim versprach, mit dem Vater von Machli zu sprechen, damit wir ein Paar werden könnten.

Aber da kam jene Nacht, die alles veränderte. Um die Mitternachtsstunde klopfte Jitro, der Aufseher über unsere Hirten, aufgeregt am Tor und verkündete, dass in den Höhlen am Rande des Hirtenfeldes ein Kind geboren sei. Ein besonderes Kind, sagte er; die Hirten hätten bei seiner Geburt ein seltsames Licht gesehen und eine zarte Musik gehört, wie von guten Geistern. Kurz entschlossen ließ ich mir meinen Reitesel holen und, von Jitro und meinem Onkel begleitet, kam ich zur Höhle, die wir Nahat, Ruhe, nennen; denn sie war die größte am Rande des großen Feldabbruchs. Die Hirten hatten hier alle ihre Herden zusammengetrieben und waren in der Höhle um ein junges Paar versammelt. In einer Futterkrippe, ich erinnere mich heute noch genau daran, lag ein Kind auf einem Schaffell. Obwohl es noch keine 24 Stunden alt war, schaute es mich mit seinen großen Augen, die ich nie mehr vergessen konnte, freundlich und eindringlich zugleich an. Noch zweimal sah ich diesen Blick. Das war gut dreißig Jahre später; aber davon gleich.

Ich tat, was in einem solchen Fall getan werden musste: Ich sorgte für Milch, Brot und Wolldecken und ließ dem Paar für alle Fälle meinen Reitesel zurück. Als ich am nächsten Tag noch einmal nach dem Rechten sehen wollte, sagte mir Jitro, das Paar sei aus Angst vor König Herodes geflohen.

Die Augen des Kindes ließen mich nicht mehr los. Ich fand sie nicht in Machli und nicht in den Augen der anderen jungen Männer von Betlehem, und so blieb ich zum Kummer meines Onkels Jakim unverheiratet. Die Geschäfte mit Öl, Holz und Schafwolle gingen sehr gut; Hauptabnehmer war die römische Garnison in Jerusalem. Deswegen musste ich mit meinem Onkel, der alt und gebrechlich geworden war, öfter in die Stadt. Dort geschah es. Ich sah die Augen, meine Augen, die ich über dreißig Jahre lang gesucht hatte, wieder.

Es war dort, wo das große Tor in die Stadt Davids führt. Hoch oben der Zionsberg, der für uns und unsere Geschichte eine große Bedeutung hat. Ringsum die prachtvollen

Bauwerke, die der Tempel alle überragt. Herodes hatte ihn bauen lassen. Vor dem Tor stand Er und drei, vier Handvoll Männer und Frauen um Ihn versammelt.
Er schaute mich mit seinen unsagbar schönen dunkelbraunen Augen an und sagte dann zu den Menschen: „Seht ihr das alles? Amen, das sage ich euch: Kein Stein wird hier auf dem anderen bleiben; alles wird niedergerissen."
Dann gingen sie zum Tempel; ich folgte der Gruppe. Er sah sich noch einmal um, wie wenn Er sich vergewissern wollte, ob ich mit ihnen ging. Als wir zum Vorhof des Tempels kamen, war dort, wie üblich, ein geschäftiges Treiben. Die Geldwechsler hatten ihre Stände aufgebaut, um die Münzen aus aller Welt in jüdische Schekel umzutauschen; nur mit diesem Geld durften die Opfertiere gekauft werden, die in der anderen Ecke des großen Gevierts feilgeboten wurden: Ziegen, Schafe, Tauben... Da nahm er einen Strick und trieb die Händler und Wechsler aus der Tempelhalle hinaus; ich hörte seine zornige Stimme: „Mein Haus soll ein Haus des Gebetes sein. Ihr aber habt daraus eine Räuberhöhle gemacht."
Dann setzte Er sich dort auf die Stufen, wo die sieben Trompeten standen. Hier gaben die Leute die Tempelsteuer ab und warfen ihre Spenden ein. Die Menschen drängten sich um Ihn; auch Angehörige der Tempelpolizei mischten sich unter sie. Da sah ich, wie Er auf eine Witwe deutete und sagte: „Diese arme Frau hat mehr hineingeworfen als alle anderen. Alle haben nur eine Kleinigkeit von ihrem Reichtum gegeben; sie aber hat in ihrer Armut alles gegeben."

Ich kehrte noch am gleichen Abend nach Betlehem zurück. Als Zeugen rief ich meinen Onkel Jakim und dessen Bruder, und übertrug meinem älteren Vetter Joakim das ganze Geschäft. Am frühen Morgen kehrte ich nach Jerusalem zurück. Ich musste Ihn wieder sehen. Ich fand Ihn am Grab

unseres Vaters David, umringt von Pharisäern. Einer redete Ihn an und fragte: „Jesus von Nazaret, welches Gebot ist das größte und wichtigste...?"
Jetzt wusste ich Seinen Namen. Jesus, Gott bringt Rettung. Ein schöner Name. Aber „Nazaret"? Ich wusste es besser. In Betlehem war er geboren, in der Stadt Davids. Seine Augen hatte ich nicht vergessen. In diesem Augenblick wandte Er sich mir zu und sagte mit einer Stimme, die mir durch und durch ging und mich mitten ins Herz traf: „Salome, das ist das wichtigste Gebot: Du sollst den Herrn, deinen Gott lieben mit ganzem Herzen, mit ganzer Seele und mit all deinen Gedanken; und du sollst deinen Nächsten lieben wie dich selbst."

Ihr werdet es verstehen: Ich ging mit Ihm und lernte all die anderen kennen, Petrus und seine Frau; dessen Bruder Andreas, und auch Jakobus. Auch Johannes sah ich, der ähnliche Augen hatte wie Jesus.
Dann kam das Pessachfest; es war das letzte, das ich vorbereiten half und feierte. Auf dem Berg Zion hatten Freunde von mir einen großen Festsaal im oberen Stockwerk. Hanan und seine Frau Marta schätzten sich glücklich, als Jesus zu ihnen sagte: „Meine Zeit ist da. Bei euch will ich mit den Meinen das Pessachmahl feiern."
Wir waren an die dreißig Personen, die im Obergemach Platz fanden. Ich folgte nur Seinen Augen und ich lauschte Seinen Worten. Als das Mahl nach der Art unserer Überlieferung in der vorgeschriebenen Weise zu seinem Ende kam, nahm Er noch einmal Brot, reichte es nach einem Dankgebet durch unsere Reihen und sprach: „Nehmt und esst, das ist mein Leib." Dann reichte Er uns auch einen Becher mit Wein und sagte dazu: „Das ist mein Blut, das Bundesblut, das für viele vergossen wird." Ich verstand nicht, und ich

glaube, auch die anderen verstanden nicht, was geschah, aber eine große Freude erfüllte mich und die andern alle.

Ihr versteht, dass ich nicht weitererzählen kann, denn jene Stunde, in der Er mich noch einmal ansah, wie damals in Betlehem, soll ganz mir allein bleiben. Ich habe in diesen brechenden Augen unter dem Kreuz in den Himmel gesehen, und den wird mir niemand nehmen.

Heiligabend in der Disco

„Du bist doch wenigstens heute am Heiligen Abend zu Hause?" Frau Schmittner fragte ihren Zwanzigjährigen zwischen Bratwurst und Kartoffelsalat. Es sollte leicht und unbeschwert klingen, doch ein angespanntes Vibrieren lag in ihrer Stimme, eine in den Jahren erworbene Unsicherheit, die ihre Angst verriet. In den Augen der Mutter war eine stumme Bitte zu lesen, die auch gleich und ähnlich vorsichtig wie die Frage ausgesprochen wurde: „Wir könnten vielleicht wieder gemeinsam zu Christmette gehen, weißt du noch, so wie früher?"

Andreas warf wütend Messer und Gabel auf den Tisch und schob den halbleeren Teller von sich zur Mitte. „Ach was, das auch noch? Die ganze Woche gab's bei uns nichts als Zoff und heute Abend soll ich mal wieder Liebkind spielen, nur weil es so im Kalender steht? Womöglich soll ich gleich unterm Christbaum „Stille Nacht" singen? Das könnt ihr glatt vergessen. Und kommt mir heute bloß nicht mit ir-

gendwelchen Geschenken. Bei uns passt doch schon lange nichts mehr zusammen!"
Vater Schmittner hielt sich mühsam zurück, obwohl ihm die Zornesader an der Stirne schwoll. Schon vor dem Abendessen hatte Frau Schmittner ihren Mann gebeten, nicht gleich wieder in die Luft zu gehen, wie die letzten Tage öfter. Heute nicht, am Heiligen Abend nicht. Also holte er sich noch eine Bratwurst aus der Pfanne, drückte sich aus der Tube Senf auf den Teller, aber die Art, wie er das tat, zeigte seinen aufgestauten Ärger.
„Heute ist doch Heiliger Abend", wagte Mutter Schmittner noch einmal zu sagen. „Wie schön war es früher, Andreas."
„Früher, früher!", höhnte Andreas. „Ich habe es ganz einfach satt. Das alles hier habe ich so was von satt. Ständig bevormundet zu werden wie ein kleines Kind. Von dir. Von Vater. Von allen. Dass ihr es wisst: Ich ziehe aus."
Andreas war aufgestanden: „Eigentlich wollte ich es euch erst nach Weihnachten sagen. Aber wenn ihr es nicht anders wollt, ich gehe, ich ziehe zu Anja. Damit ist hoffentlich alles klar!"
Jetzt hielt es Vater Schmittner nicht länger: „Dann geh, dann geh aber schnell und mach gefälligst die Türe von draußen zu", schrie er wütend. „Das ist nun der Dank für all die Jahre. Das ist der Dank."
Er warf die Serviette auf den Tisch, stieß den Stuhl zurück, so dass er an die Schrankwand stieß und verschwand mit seinen Zigaretten im Wohnzimmer, ohne sich noch einmal umzusehen.
Mutter Schmittner streckte die Hände aus, als wolle, als könne sie ihren Sohn zurück halten. Da knallte auch schon die Korridortüre und kurz darauf die Haustüre. Andreas war gegangen. Eine lähmende Stille breitete sich für kurze Zeit in der Wohnung aus, bis aus dem Fernseher im Wohnzim-

mer, offenbar von einem Knabenchor gesungen, mit großer Orchesterbegleitung ertönte „Stille Nacht, heilige Nacht...". Mutter Schmittner ging und schloss vorsichtig die Türe zur guten Stube.

Dann räumte sie den Esstisch ab und erledigte mit nassen Augen den Abwasch. Richtige Tränen, die sie erleichtert hätten, wollten nicht fließen. Sie hatte bewusst das gemeinsame Essen ganz einfach gehalten, um an diesem Abend mehr Zeit für die klein gewordene Familie zu haben. Es sollte endlich einmal anders werden als früher. Ruhiger, ohne die sonst übliche Hektik. Ohne den Streit, den es jedes Mal wegen irgendwelcher Nichtigkeiten gab. Den großen Knall, war es der letzte?, hatte Mutter Schmittner nicht verhindern können.

Drei Kinder hatte sie in den dreißig Jahren ihrer Ehe groß gezogen. Meist ohne ihren Mann groß gezogen. Den hatten Beruf, Verein und Hobby so sehr beschlagnahmt, dass er sich um die Erziehung und um die Entwicklung seiner Kinder kaum kümmerte. Nur wenn es einmal in der Schule nicht so recht klappen wollte, hatte sich der Vater polternd und lautstark eingemischt. Letztlich war sie mit den Kindern all die Jahre allein gewesen. Ihr Mann merkte die Veränderung nur, wenn wieder eines der Kinder gegangen, wenn es zu spät war.

Ab diesem Heiligenabend waren sie nun ganz allein, von einer Stunde auf die andere allein. Frau Schmittner wurde es noch enger ums Herz, wenn sie daran dachte, den Rest des Lebens mit ihrem Mann verbringen zu müssen. Dann lieber allein, dachte sie sich. Sie hatten sich nicht mehr viel zu sagen. Was sie sich noch zu sagen hatten, drehte sich um Geld, um das Asthma, das ihren Mann seit einiger Zeit plagte, und um die Kinder, die nicht mehr im Hause waren. Jetzt war auch Andreas gegangen.

Die älteste Tochter, sie war seit sechs Jahren in München mit einem Architekten verheiratet, hatte am Morgen des Heiligen Abends kurz angerufen: „Wir kommen, aber erst am Zweiten Weihnachtsfeiertag nach dem Mittagessen. Es ist für die Kinder besser so. Und dann müssen wir ja vorher noch zu den Schwiegereltern. Du verstehst doch, Mama?" Frau Schmittner schluckte: Immer wieder musste sie verstehen und verstehen. Ihr ganzes Leben bestand in dem Versuch, andere zu verstehen. Aber wenn sie auch nur ein klein wenig Verständnis suchte, dann war niemand da, an den sie sich hätte anlehnen können.
Marco, der mittlere, war vor zwei Jahren zu seiner Freundin gezogen, auch nach einem ähnlichen Krach wie jetzt Andreas. Der Kontakt war seither fast völlig abgebrochen, er beschränkte sich auf die Geburtstage und eben Weihnachten. Gestern hatte er geklingelt, war aber unter der Türe stehen geblieben und hatte der Mutter ein kleines Paket überreicht. „Ich wollte nur schnell frohe Weihnachten wünschen!" Schon war er wieder gegangen.

Erstaunlich viele junge Leute waren bereits in der Disco FIRESTORE, als Andreas mit Anja ankam. Normalerweise war um diese Zeit noch nichts los. Anders heute, am Heiligen Abend. Die „Szene" schien schon um Stunden früher auf den Beinen. Andreas blieb am Eingang zum großen Saal stehen und sagte zu seiner Freundin: „Alles Leute, denen es so geht wie uns." Ein merkwürdiges Gefühl, etwas falsch gemacht zu haben, kam in ihm hoch und würgte ihn: Zum ersten Male am Heiligen Abend in der Disco. Andreas versuchte den Kloß im Hals hinunter zu schlucken und fragte deswegen schnell: „Wollen wir tanzen?"

Doch Anja wehrte ab und zog ihn zur kleinen Bar, die etwas erhöht in der Ecke eingerichtet war. Von dort aus ließ sich der ganze Kuppelsaal übersehen, der sich durchaus mit einer modernen Kirche vergleichen ließ. „Zwei Cola light mit", bestellte sie und kletterte auf einen der Barhocker. Auch in Anja wollte keine rechte Stimmung aufkommen. Aber sie schwieg.

Dafür schien der Discjockey außer Rand und Band. Mit immer schärferen, immer härteren Scheiben peitschte er unermüdlich die jungen Leute an, die unter den grellbunten Zeigefingern der Laserstrahlen tanzten, mal paarweise, meist aber einzeln. Der schwere Rhythmus brachte die Menge schnell auf Touren und den Saal in schwingende und stampfende Bewegung. War ein Song verklungen, ertönte ein schrilles Pfeifkonzert, mehr, mehr, lauter, fetziger, mehr. Und schon drehte sich die nächste Scheibe. Die Boxen holten das Letzte aus sich heraus.

Anja hatte ihre Cola ausgetrunken.

„Was jetzt?", schrie sie Andreas ins Ohr. „Trinken wir Sekt, es ist doch Heiligabend?"

Andreas zuckte nur mit den Achseln. Ein Bier wäre ihm lieber gewesen, aber wenn Anja Sekt wollte, sollte es ihm recht sein. Dem Barmann machte er mit Zeichen klar, was sie trinken wollten.

„Prost, auf Weihnachten!" Diesmal musste Andreas schreien, um sich verständlich zu machen. Anja stieß ihr Glas so heftig an das ihres Freundes, dass der Sekt aufschäumte: „Prost!"

Während sie die Gläser abstellten, sah Andreas auf die Uhr: Kurz vor halb elf. Jetzt würde Mutter zur Christmette unterwegs sein, allein. Allein, wie in den letzten Jahren immer. Vater saß zu Hause und wartete, trank Bier, rauchte unermüdlich Zigaretten und zappte durch die Fernsehprogramme.

„Wir könnten tanzen?" – Doch Anja wehrte ab: „Ich habe keine Lust!" Seine nächste Frage, „freust du dich, dass wir jetzt endlich beisammen sind?", ging wieder in einem Aufschrei der Menge unter. So lächelte Andreas seiner Freundin zu und sie lächelte zurück.

Der Discjockey hatte inzwischen die Menge zum Kochen gebracht. „Der Kerl hat was drauf", schrie Andreas Anja zu und hob sein Glas. – „Was?", rief sie zurück und stieß wieder mit ihrem Freund an. „Nein, ich habe keine Lust!"

Ihre Augen folgten den Laserstrahlen, die den großen überkuppelten Saal in bunte Scheiben zerschnitten und wieder zusammenfügten.

Andreas bestellte eine zweite Runde und griff nach Anjas Händen: „‚Wie zwei verlorene Kinder...', so heißt der Song, den sie gerade spielen auf deutsch.", versuchte er seiner Freundin zu dolmetschen, „‚Wir sind zwei verlorene Kinder'?!"

Anja sah Andreas an und sagte kein Wort. Ob sie ihn in der überlauten Musik verstanden hatte? Ob sie ihn überhaupt verstehen wollte? Heiß durchzuckte dieser Gedanke Andreas für einen kurzen Moment und wurde schnell wieder verworfen. „Was ist?", schien Anja zu fragen, doch Andreas beließ es bei einer kurzen abwehrenden Handbewegung.

Plötzlich wurde es im Saal stockdunkel. Nur die mit elektrischen Kerzen übersäten Weihnachtsbäume vor der Disco leuchteten milde durch die großen Glasflächen in den Raum. Am Platz des Discjockeys flammte ein Streichholz auf und entzündete eine große Kerze. Ein wenig unentschlossen bewegte sich die Flamme zunächst hin und her, um sich dann zu einem klaren Licht zu entfalten.

„Stimmung, Stimmung", höhnte einer von irgendwo her. „Ruhe! Ruhe!", riefen ein paar andere dagegen. Dann er-

klang aus den riesigen Boxen ganz sanft, unendlich sanft die einmalige, allen vertraute Melodie „Stille Nacht, heilige Nacht". Dazwischen war kurz die raue Stimme des Discjockeys zur hören: „Freunde, es ist Mitternacht, es ist Weihnachtsnacht. Frohe Weihnachten!"
Eine fast weihevolle Stille breitete sich im großen Rund aus. Die jungen Leute standen dicht gedrängt im Kreis und blickten voller Andacht auf das Licht der Kerze, auf das Licht einer einzigen Kerze, das ihnen jetzt heller schien als vorher alle Laserstrahlen zusammen. Drei, vier Minuten dauerte das, dann flammten die Scheinwerfer wieder auf. Ein harter Beat verschluckte die Stille.

Andreas hatte Anja an der Hand gefasst und sie zum Ausgang gezogen.

Bei Schmittners klingelte das Telefon: Frau Schmittner hob den Hörer ab und bevor sie etwas sagen konnte, hörte sie die Stimme ihres Andreas: „Mama, ich komme heim und bringe Anja mit."

Die falschen Dreikönige

Frierend drängten sich die drei Männer in dem zugigen Rohbau zusammen. Seit gestern Abend eine Polizeistreife vorbei gekommen war und sie beinahe erwischt hatte, wagten sie es nicht mehr ein Feuer anzumachen, das sie ein bisschen hätte erwärmen können. So musste die Rotweinflasche herhalten.
„Also fang schon an, wie ist das mit deinem Plan?"
Der Fragesteller schien der älteste der kleinen Gruppe zu sein. Er trug einen gepflegten, grauen Bart, durch den unablässig seine linke Hand fuhr und dabei jedes Mal das spitze Ende des Bartes zu einer kleinen Rolle drehte. Auf dem Kopf ein schwarzer Hut mit breiter Krempe, den er nie abzunehmen pflegte.
„Frank, du wirst es erwarten können", antworte ein untersetzter Mann mit einem deutlichen Bauchansatz. „Erst muss Heiner mit den Sachen kommen, die wir dazu brauchen. Aber ihr werdet sehen, der Plan ist gut, saugut sogar."

„Mensch, spann uns nicht so auf die Folter", forderte der jüngste der kleinen Runde, ein schmächtiges Bürschchen von vielleicht 20 Jahren. „Du hast gestern schon so geheimnisvoll getan, Tim, und wenn die Polizei nicht gekommen wäre..."
„Ja", antwortete Tim, „wenn die Polizei uns nicht auseinander getrieben hätte, dann wäre jetzt schon alles klar. Nur gut, dass Heiner uns noch rechtzeitig warnen konnte. Geduld, Kleiner, Geduld. Für dich habe ich ohnedies die wichtigste Rolle vorgesehen."
„Ich höre immer nur Rolle", sagte der, den Tim als Kleiner angeredet hatte. „Ich möchte endlich wissen, was gespielt wird."
In diesem Augenblick hörten sie jemand über die Behelfstreppe aus Holzbohlen heraufkommen. Instinktiv sicherten sich die drei nach allen Seiten, um rechtzeitig verschwinden zu können. Man konnte ja nie wissen. Aber es war nur Heiner. Schwerbepackt stolperte er über liegengebliebene Baumaterialien und stellte vor ihnen auf den Tisch aus langen Brettern zwei große Pakete ab. Dabei kicherte er zufrieden: „Tolle Sachen habe ich da gefunden. Ihr werdet Augen machen!"
Umständlich löste er die Verschnürung und öffnete den ersten Karton. Zum Vorschein kam ein blauer Samtmantel mit silberner Borde umsäumt. Dann ein Samtmantel ganz in Rot, umsäumt mit goldener Borde. Schließlich ein dritter Mantel aus grünem Samt, bestickt mit goldenen Sternen.
„Was soll den das?", fragte Frank und strich sich mit der Linken über den Bart. „Für Fasching ist es noch zu früh."
Heiner gab ihm keine Antwort. Er öffnete den zweiten Karton und holte in schneller Folge vier weiße Gewänder heraus, langen Nachthemden nicht unähnlich. Dann zauberte er noch drei goldene Kronen und einen silbernen Stirnreif

aus der Verpackung, legte sie fein säuberlich auf die Samtmäntel und sagte stolz: „So das wär's. Den Stern habe ich gleich unten stehen lassen. Wir haben alles, was wir brauchen."
Jetzt meldete sich der Kleine zu Wort: „Sollen wir etwa die Heiligen Drei Könige spielen? Mit mir nicht. So ein Quatsch. Mir wäre lieber gewesen, du hättest etwas zum Beißen mitgebracht und paar Flaschen Bier. Wir und die Heiligen Drei Könige, dass ich nicht lache!"
„Du spielst den Sternträger." Heiner sagte es mit einer Bestimmtheit, dass der Kleine nicht zu widersprechen wagte. „Wir anderen verkleiden uns als die Könige, wie heißen sie den bloß? Kaspar, glaube ich, Balthasar und..." – „Melchior", ergänzte Frank. „Den Melchior spiele ich. Ich nehme den grünen Mantel. Der passt am besten zu meinem Bart."
„Ich verstehe immer noch nicht?", wagte der Kleine zu fragen.
„Was gibt es da zu verstehen?", fragte Tim. „Hört zu, das ist mein Plan. Wenn wir alles richtig machen, dann können wir morgen bei den Kumpels die Sau rauslassen."
Tim kicherte und die anderen rückten näher an ihn heran. Flüsternd tauschten sich die ungleichen Vier aus.

Die Dämmerung legte sich bereits über die Stadt wie ein fahles Tuch, als vier Gestalten den Rohbau verließen, der im Frühjahr fertiggestellt werden sollte. Im milchigen Schein der ersten Straßenlampe war ein Sternträger in weißem Gewand zu erkennen, gefolgt von drei würdigen Königen, gehüllt in blauen, roten und grünen Samt. Sie hatten offensichtlich ein ganz bestimmtes Ziel, denn sie ließen sich von den wenigen Fußgängern, die am Vorabend des Dreikö-

nigstags noch unterwegs waren, nicht beeindrucken. Gemessenen Schrittes zog das seltsame Quartett, die ausgetretenen Turnschuhe mochten nicht so recht zu Samt, zu Gold und Silber passen, die Straße hinauf. Oben, auf der kleinen Anhöhe, begann das Villenviertel der Stadt, das sich über den ganzen sanften Bergrücken hinweg zog.
„Das dritte Haus links, das muss die Villa der Winklers sein. Steinreiche Leute, wie gesagt, die vor lauter Misstrauen keine Menschenseele ins Haus lassen. Nur bei den Sternsingern machen sie eine Ausnahme. Kleiner, du weißt, was du zu tun hast?"
„Mir schmeckt das Ganze nicht", entgegnete der Angesprochene. „Was ist, wenn die Winklers hinter unseren Schwindel kommen und die Polizei rufen? Ich bin noch auf Bewährung!"
„Mach dir jetzt bloß nicht in die Hose", brummelte Frank und strich über seinen Bart. „Weiter, jetzt haben wir damit angefangen. Wir kriegen das schon hin, Kleiner", beruhigte er.
„Halt!", kommandierte Tim, und die Gruppe blieb stehen. „Wir müssen ja einen Spruch aufsagen, eigentlich müssten wir sogar ein Lied singen. Sonst riechen die beiden Alten was, bevor unser Plan gelingen kann."
Die vier steckten erneut die Köpfe zusammen. Nur gut, dass sich jetzt niemand auf der Straße zeigte.
Der Kleine drehte seinen Stern: „Habt ihr ein Glück, dass ich früher bei den Messdienern, dreimal sogar bei den Sternsingern dabei war. Ich glaube, das kriege ich noch zusammen."
„Los", drängte Frank. „Streng dich an. Aber mach keine langen Geschichten, das halt' ich im Kopf nicht aus."

„Ich bin der Stern von Betlehem",

begann der Kleine zögernd, um dann, immer sicherer werdend, aufzusagen:

"durch mich habt ihr vernommen,
die Weisen aus dem Morgenland
sind endlich angekommen.
Friede sei euch in diesem Haus und Freude.
Ich hoffe sehr, hier wohnen nur liebe,
fromme Christenleute."

Der Kleine wandte sich an Heiner. „Jetzt muss der Kaspar folgendes sagen:

‚Ich bin der Kaspar,
ein König aus dem Osten,
ich bringe Gold als Geschenk,
für das Kind in der armen Krippe,
lass' ich mir das gerne kosten'.

Dann kommst du, Frank:

‚Ich werde Melchior genannt,
auch ein König aus fernem Land.
Ich bringe Weihrauch für das Kind.
Weil ich hier Gott im armen Stalle find'.

Nun noch der Balthasar. Was musste der gleich wieder sagen?" – Der Kleine überlegte eine Weile, dann sagte er zu Tim:

„Ich bin der König Balthasar,
habe pechkohlrabenschwarzes Haar.
Bittere Myrrhe, das ist meine kleine Gabe.
Aber es ist alles, was ich noch habe."

„Gut, gut so," sagte der Kleine, der sichtlich erfreut war, dass er den Text zusammengebracht hatte. Endlich einmal

bedeutete er etwas für die anderen drei, mit denen er seit Monaten auf der Straße war. Immer war er für die Erfahrenen nur der Lückenbüßer gewesen, aber nun war er auf einmal für das Gelingen des Unternehmens wichtig.
„Jetzt wiederholt jeder seinen Vers", befahl er selbstbewusst, „und zwar so lange, bis es richtig klappt. Wir können uns keinen Fehler leisten."

Noch immer standen die seltsamen Könige Kopf an Kopf beieinander und lernten mehr oder minder mühsam die kurzen Zweizeiler, die ihnen der Kleine ein ums andere Mal vorsagen musste.
„Wenn jeder seinen Text gesprochen hat", meinte er schließlich, „dann kommt von mir noch dieser Spruch zum Schluss:

‚*Wir haben Gold, Weihrauch, Myrrhe*
von Herzen gegeben
und wünschen damit ein langes Leben.
Wir bitten euch jetzt um eure Spende
und danken euch sehr für die offenen Hände'."

„Halt!", kommandierte Tim erneut, als sich die Gruppe gerade wieder in Bewegung setzen wollte. „Alles gut und schön. Aber da hat der Kleine ja gar keine Zeit, um…" Die Vier überlegten stumm und unentschlossen, und der Kleine drehte etwas ratlos seinen Stern.
„Ich hab's. Ich hab's", sagte Heiner. „Ich werde einfach sagen, ich muss mal, das dauert dann inzwischen, und da hat der Kleine genug Zeit, um…"

Schon waren die Vier wieder unterwegs und jeder flüsterte leise seinen Spruch vor sich her, bis sie zur großen Villa der

Winklers kamen, die in einer ausgedehnten Parkanlage stand. Die Bäume starrten blattlos in den Himmel und verstärkten das Dunkel. Auf der Straße war keine Menschenseele zu sehen.

„Es geht los!", sagte Tim und klingelte. Es dauerte einige Zeit bis ein grünes Lämpchen an der Sprechanlage aufleuchtete.

„Wer ist da?", fragte eine dünne Frauenstimme.

„Die Heiligen Drei Könige!" Die Antwort kam wie aus einem Munde.

„Die Heiligen Drei Könige?", fragte die Frauenstimme zweifelnd zurück. „Die kommen doch erst morgen! Morgen!"

Eine kleine Pause entstand. Dann fasste sich Tim: „Wir haben morgen sehr viel zu tun, weil viele Familien auf uns warten. Deswegen haben wir heute Abend schon mit dem Sternsingen begonnen..."

Nach einem kurzen Moment, die Vier hielten den Atem an, schnarrte der Türöffner.

„Gewonnen", flüsterte Frank heiser. „Jetzt kann es losgehen."

Es klappte alles wie am Schnürchen. Die alten Winklers schienen zwar erstaunt, dass statt der erwarteten Jugendlichen vier Männer erschienen waren. Aber die kostbaren Gewänder und die gewohnten Worte ließen ein Misstrauen erst gar nicht aufkommen. Die Heiligen Drei Könige sagten ihre Reime ohne Fehler und ohne Stocken auf. Auch wenn Heiner der Schweiß auf der Stirne stand.

Als der Sternträger zum Schluss gesagt hatte: „Wir haben Gold, Weihrauch, Myrrhe von Herzen gegeben und wünschen damit ein langes Leben. Wir bitten euch jetzt um eure Spende und danken euch für die offenen Hände", schlurfte der alte Herr an den schweren Schreibtisch, der nahe am Fenster stand, holte die Geldbörse aus der Schublade heraus

und zählte jedem der Könige fünf Mark in die Hand. Der Sternträger ging leer aus.
Die kleine Gruppe wandte sich schon zum Gehen, als Heiner programmgemäß zu Frau Winkler sagte: „Entschuldigen Sie bitte, gnädige Frau, aber, es ist mir ja sehr, sehr peinlich, aber ich müsste mal dringend..."
Frau Winkler wandte sich an ihren Mann und sagte: „Zeig dem König, der Kaspar ist das wohl, ja, zeig dem König Kaspar die Dienstbotentoilette..."
Die beiden anderen Könige stellten sich so geschickt vor die alte Dame, dass es dem Sternträger in einem kurzen Moment gelang, ohne jedes Geräusch die Schublade des Schreibtischs zu öffnen und blitzschnell den ledernen Geldbeutel unter seinem Gewand verschwinden zu lassen. Ein Räuspern verriet den beiden Königen, dass die Sache gelungen war.

„Zeig her", forderte Heiner den Kleinen ungeduldig auf, als die falschen Sternsinger das Anwesen der Winklers ungewöhnlich schnell durch den Park verlassen hatten, „zeig schon her, was wir erbeutet haben!"
Der Kleine aber weigerte sich: „Du bist verrückt. Nicht jetzt und nicht hier. Wir müssen erst unsere Verkleidung loskriegen, sonst erwischen sie uns noch. Wenn wir die Sachen verschwinden lassen, dann kann uns keiner was anhaben. Dann soll die Polizei ruhig unter all den Heiligen Drei Königen suchen, die morgen die ganze Stadt bevölkern."

Rascher als sie gekommen waren, eilte die Gruppe mit ihrem Stern hinunter in die Unterstadt, als gäbe es dort einen wichtigen Termin zu versäumen. „In Schusters Kneipe, bei Bier und Weibe ...", sang Frank vergnügt mit seiner kratzigen Stimme vor sich hin und strich sich erwartungsvoll über seinen Bart.

„Mama, Mama!", ein kleiner Junge auf der anderen Straßenseite hatte die Gruppe der Sternsinger entdeckt. „Siehst du, ich habe dir gleich gesagt, dass die Könige zu uns kommen werden."
Schon war er über die Straße gerannt und hatte den Sternträger an der Hand gefasst. „Es ist gar nicht weit, gleich da drüben. Kommt mit!"
Der Junge zog den Sternträger über die Straße; die anderen mussten ihm folgen, ob sie nun wollten oder nicht, denn der Kleine hatte ja das Geld, ihr Geld.
„Hier ist es", sagte der Junge ein wenig außer Atem und führte die Gruppe an der sprachlosen Mutter vorbei in das kleine Haus, direkt in die Küche. Am Tisch saßen ein Mann, offensichtlich der Vater des Jungen, und eine alte Frau.
„Oma, Papa", der Junge glühte vor Freude und Begeisterung. „Ich hab' es euch gesagt. Die Heiligen Drei Könige werden kommen und uns helfen."
Erstaunt sahen sich die Vier in der einfachen Küche um.
„Sie müssen schon entschuldigen", sagte die Mutter, die hinter den ungewöhnlichen Besuchern die Küche betreten hatte: „Der Junge hat es sich einfach in den Kopf gesetzt."
„Was hat er sich in den Kopf gesetzt?", hörte sich Heiner fragen.
Der Mann am Küchentisch war aufgestanden.
„Ich bin seit Monaten arbeitslos. Einiges ist nicht so gut gelaufen in der letzten Zeit. Wir haben ziemlich Schulden machen müssen. Kurz, wir können dem reichen Winklers dort oben im Augenblick die Miete nicht zahlen. Ich habe sie ein paar Mal gebeten, uns doch wegen der 500 Mark nicht auf die Straße zu setzen. Mir tut es weh, wegen Stefan", der Vater legte seinem Jungen die Hand auf den Kopf, „und wegen Mutter." Er deutete auf die alte Frau am Tisch, die reglos auf ihrem Stuhl saß.

„Den ganzen Tag schon spricht Stefan von nichts anderem als von den Heiligen Drei Königen, die uns helfen werden. Entschuldigen Sie bitte."
„Der Junge hat schon recht", räusperte sich der Kleine und stellte seinen Stern in die Ecke. „Die Heiligen Drei Könige sind gekommen, um zu helfen."
Etwas umständlich holte er den Geldbeutel aus dem weißen Gewand, öffnete ihn und blätterte fünf Scheine auf den Tisch. Dazu zählte er mit unverkennbarer Freude in seiner Stimme: „Einhundert, zweihundert, dreihundert, vierhundert und fünfhundert. Das reicht wohl." Zufrieden verstaute er den Geldbeutel wieder unter seinem Gewand, holte den Stern aus der Ecke und sagte zu den Dreien: „Kommt, wir gehen."

Kaum waren sie draußen auf der Straße, da stürmten die Drei Könige auf ihren Sternträger ein. „Bist du denn ganz verrückt?", schrien sie wild durcheinander. Doch der Kleine holte noch einmal den Geldbeutel aus seinem Gewand heraus und sagte: „Vielleicht ist ja noch etwas drin?"
Er öffnete den Geldbeutel, stülpte ihn um und klirrend fiel ein silbrig glänzendes Geldstück auf die Straße: Fünf Mark.

Hannes begegnet dem Christkind

„Hannes, was machst du?" Die Mutter fragte aus der Küche heraus ins Kinderzimmer. – „Ich schreibe den Wunschzettel für das Christkind."
Die Mutter stellte die Schüssel ab, ging hinüber und sah, wie ihr Sechsjähriger sich mit den Buchstaben abmühte. Seit vier Monaten besuchte er die Schule. Mit dem Lesen ging es schon ganz gut. Aber das Schreiben nur so aus dem Kopf und seinen Gedanken heraus bereitete ihm Schwierigkeiten. Sie beugte sich über Hannes und las, sie musste laut lesen, um zu verstehen, was dort mit verschiedenen Farbstiften geschrieben stand:
„Bite, liebes Crisdkind, bring uns den Fader zurüg."
„Bite" war dreimal rot unterstrichen.
Die Mutter musste schlucken. „Hannes", sagte sie, „ich glaube, es ist schon zu spät für den Wunschzettel. Morgen ist ja schon Heiliger Abend. Und solche Wünsche muss man direkt sagen."

Der Mutter stieg das Wasser in die Augen, deswegen ging sie schnell in die Küche zurück. Sie hörte Hannes noch sagen: „Was heißt das, direkt fragen?"

Werner, ihr Mann, war im Sommer gegangen. Knapp drei Monate nach der Geburt von Sara war er von der Arbeit nach Hause gekommen, hatte einige Sachen zusammen gepackt und gesagt: „Ich gehe. Ich habe eine andere."
Erst nach und nach hatte sie die ganze Wahrheit erfahren. Seit dem Skiurlaub, den er wegen ihrer Schwangerschaft allein – ach was, allein, wie sich später herausstellte – in Südtirol verbracht hatte, war er ganz anders geworden. Besonders deutlich hatte sie das zu spüren bekommen, als Sara auf die Welt kam. Nur ein kurzer Besuch in der Klinik, ein paar Rosen. „Du weißt doch, ich habe meine Arbeit mit Hannes."
Auf ihre bangen Fragen bekam sie keine Antwort. Nachbarn machten Andeutungen, die sie erst hinterher verstand. Zehn Jahre jünger sollte die andere sein. Arbeitskollegin. Das alles begriff sie erst als Werner gegangen war. Im Sommer. Und damit war alles zu spät.
Seither gab es mit ihrem Mann nur den notwendigsten Kontakt. Und den auch nur telefonisch. Weder er noch sie hatten die Scheidung eingereicht, obwohl es keine Hoffnung gab. Nur gut, dass Sara noch so klein war. Aber Hannes litt sehr unter der Trennung. Er liebte seinen Vater heiß und innig.

Die Mutter brachte Hannes ins Bett. „Mama, was heißt direkt?", fragte er noch einmal. Die Mutter musste wieder schlucken. „Ich meine, wenn du mir etwas ins Ohr sagst, dann ist das direkt. Verstehst du?" – „Und wie kann man dem Christkind etwas direkt ins Ohr sagen?", fragte Hannes.

Die Mutter schwieg. Ja, wie kann man dem Christkind etwas direkt sagen? „Ich erkläre es dir morgen".
Die Mutter machte ihrem Hannes ein Kreuz auf die Stirne, Werner war es, der diesen Brauch eigentlich angefangen hatte, und sagte: „So, jetzt schlaf gut und träume was Schönes. Morgen ist Heiliger Abend. Da kommt das Christkind."
„Direkt?", fragte Hannes, aber er wollte keine Antwort mehr. Er war schon eingeschlafen.

In dieser Nacht träumte die Mutter. Sie ging durch die Stadt und zu ihrer Überraschung stand an jeder Straßenecke auf großen Plakatwänden zu lesen: „Bite, liebes Crisdkind, bring uns den Fader zurüg."

Der Heilige Abend war angebrochen. Am späten Morgen gab es einige große Schneeflocken. Hannes sah aus dem Fenster zu, wie sie lustig vorbeisegelten. Aber wenn sie unten auf dem Boden ankamen, blieb von ihnen nur noch ein Wasserfleck übrig. „Man muss es direkt sagen." Hannes wiederholte den Satz wohl hundertmal, aber er passte gut auf, dass es Mutter nicht hören konnte.
Nach dem Mittagessen war Oma Toni, die Mutter des Vaters gekommen. Hannes hatte seine Geschenke erhalten und zog sich mit den Sachen ins Kinderzimmer zurück. Die beiden Frauen saßen bei einer Tasse Kaffee in der Küche beisammen. Hannes hörte über die offenen Türen Oma immer wieder sagen: „Wer hätte so etwas von meinem Sohn gedacht. Mir tun ja nur die Kinder leid."
Hannes hörte Mutter dazwischen sagen: „Nicht so laut, Hannes braucht das nicht zu hören. Es ist schließlich sein erstes Weihnachten ohne seinen Vater. Er hängt sehr an

Werner. Ich verstehe nicht, dass er nicht wenigstens wegen des Jungen..." – „Ach Gott, ach Gott", jammerte Oma Toni wieder dazwischen. „Dass ich so etwas noch erleben muss!"

Am frühen Nachmittag fiel Nebel über die Stadt. Die Straßenbeleuchtung schaltete sich ein und die Scheinwerfer der Autos malten lange Finger in den hereinbrechenden Abend. Im Kinderzimmer war es still geworden. Als die Mutter die Kleine versorgt hatte, sah sie nach ihrem Sohn: Hannes spielte nicht in seinem Zimmer. Weil das Wohnzimmer wegen des Christkindes noch verschlossen war, sah sie auf der Toilette nach ihm, dann im Schlafzimmer und eilte in die Küche zurück. Hannes war verschwunden.
Aufgeregt klingelte sie bei der Nachbarin auf dem gleichen Stockwerk. Aber kein Hannes. „Mein Gott", jammerte die Nachbarin, die ebenfalls zwei Kinder hatte. „Auch das noch. Sie müssen die Polizei verständigen. Und das am Heiligen Abend."

Hannes war im Nebel die große, breite Straße hinab gegangen. Es gab kaum mehr Verkehr. Die Stadt schien unter der Nebeldecke still und ruhig auf das Christkind zu warten. Hannes ging an der Schule vorbei, den Weg kannte er gut, Richtung Kirche. Dort könnte das Christkind zuerst sein, dachte er sich. Dann könnte er ihm seinen Wunsch direkt sagen. Und das Christkind würde ihn erfüllen. Das war sicher.
Die Kirche war dunkel. Hannes ging weiter. Die Straße wurde enger und teilte sich in kleine Gassen. In jede schaute er hinein. Kein Christkind. Kein Mensch. Nur Stille und Nebel, der noch dichter zu werden schien.
Hannes kam an einen weit ausgedehnten Platz. Hier war er noch nie gewesen. Die Äste der großen Bäume ragten

schwarz in den Himmel und verloren sich im Nebel. Wo war er eigentlich? Auf einmal überfiel ihn die Angst. Er so ganz allein auf der Straße. Ich kann das Christkind nicht finden, dachte er sich. Ich will wieder nach Hause gehen. Aber wo war er zu Hause? Rechts? Links? Da oder dort?

Hannes blieb unschlüssig stehen. Tapfer wollte er seine Tränen unterdrücken, die ihm in die Augen stiegen. „Ich will es doch nur dem Christkind direkt sagen". Er sprach seinen Wunsch laut aus, aber niemand schien ihn zu hören. Hannes überquerte den Platz und ging in eine der Gassen hinein. Er musste einen Menschen finden, um ihn nach dem Heimweg zu fragen. „Berliner Allee 72", sagte er laut zu sich selber. „Hannes Bergmann, Berliner Allee 72", wiederholte er laut, um sich damit ein wenig Mut zu machen. Und noch einmal sagte er, so laut er konnte: „Hannes Bergmann, Berliner Allee 72."

Hinter sich hörte der Junge feste Schritte. „Hannes?!"

Hannes drehte sich um. „Vater?!" Hannes flog seinem Vater in die Arme.

„Mein Gott, was machst du denn hier?" Der Vater kniete vor seinem Sohn auf dem feuchten Straßenpflaster.

„Ich wollte es dem Christkind doch nur direkt sagen?" Hannes zitterte ein wenig vor Kälte und vor Glück. „Ich wollte es ihm direkt sagen, dass du wieder zurückkommen sollst."

Der Vater stand auf, nahm seinen Sohn an der Hand und sagte mit rauer Stimme: „Komm, wir beide gehen nach Hause."

Das Zeitungsblatt Gottes

„BY GRANDMA'S" stand in großen Lettern über dem Eingang der kleinen Bar. Der Künstler hatte sich dabei nicht sonderlich angestrengt, die giftgrünen Buchstaben auf den weißen Hintergrund zu malen. Das Gesicht der Großmutter auf der Werbung ähnelte eher einer ältlichen Indianerin mit tiefen Gesichtsfalten aber schwarz-prallen Zöpfen. Grandma persönlich war eine ziemlich korpulente Mittvierzigerin mit einem überraschend offenen und freundlichen Gesicht. Hautfarbe, Augenstellung und Backenknochen verrieten, dass ihre Eltern Mischlinge von afrikanischen und mexikanischen Einwanderern gewesen sein mussten. Seit dem plötzlichen Tode ihres Mannes vor drei Jahren führte sie die Bar an der Ecke zweier Straßen, die nur Ziffern zu ihrer näheren Kennzeichnung trugen.

In dem unregelmäßigen Raum, der zu jeder der beiden Straßen einen Ausgang hatte, trafen sich an der Theke und an den fünf kleinen Tischen, mehr Platz gab es nicht, regelmäßig die selben Gäste, Arbeitslose und Sozialhilfeempfänger, Drogensüchtige und Händler, die sich durch den Straßenverkauf von Kleinigkeiten über Wasser hielten, dazu Fensterputzer und Prospekteverteiler. Frauen verirrten sich selten in die Bar, deren Fensterscheiben bis auf den Gehweg herabreichten. Von der sogenannten besseren Gesellschaft, in dem etwas herabgekommenen Viertel gab es kaum noch jemand aus diesen Kreisen, kam höchstes einmal jemand auf eine schnelle Cola herein. Grandma Marianna, niemand weiß, wie sie zu diesem Titel kam, kannte alle ihre Gäste. Sie wusste vor allem um das Lebensschicksal eines jeden Einzelnen bis in die kleinste Kleinigkeit. Was gab es auch an dem lieben langen Tag anderes zu erzählen, wenn das letzte Baseballspiel der Mannschaft aus dem Wohnviertel gegen eine andere Gruppe ausgiebig diskutiert war. Marianna konnte zuhören und sie konnte schweigen. Das war sehr viel.

Grandma führte zwar ein strenges Regiment, aber für die meisten ihrer Gäste war sie der Mutterersatz. Bei ihr konnten sich die Männer ausweinen, die gerne behaupteten, das Schicksal hätte sie hart gemacht. Wenn sie auch hie und da einmal anschrieb, am Samstagabend mussten die Schulden bezahlt sein. Die Gäste selber achteten streng darauf und sorgten auch untereinander für die Einhaltung dieser ungeschriebenen Ordnung, so dass Grandma selten nachhelfen musste. Hatte einer seinen Kredit überzogen, bekam er noch ein letztes Getränk mit dem entsprechenden Hinweis. Und wer einen über den Durst getrunken hatte, wurde unmissverständlich nach Hause geschickt. Und weil manche der Gäste gar kein zu Hause hatten, sondern sich fast jede Nacht einen anderen Schlafplatz suchen mussten, legten sie es nicht darauf an, das Gastrecht bei Marianna, das von früh um acht Uhr bis abends um Mitternacht währte, zu verlieren. Wer nichts trank oder verzehrte, war dennoch willkommen. Manchmal bekam er sogar einen Pappbecher Kaffee spendiert.

Für Marianna gab es nur Vornamen. Da war Old Joe. Alt, weil sie ihn als Gast schon vom vorigen Pächter übernommen hatte. Joe war am ersten eines jeden Monats den ganzen Tag über damit beschäftigt, die Unterstützung, die er von der Stadt bekam, genau einzuteilen, dass sie für die kommenden dreißig Tage reichte. Old Joe hatte bei Grandma noch nie anschreiben lassen. Wenn seine Dollars am Monatsende wider Erwarten nicht ausreichten, aß und trank er den ganzen Tag nichts, es sei denn Marianna stellte ihm wortlos einen großen Pappteller mit Pommes auf den Tisch. Old Joe war an dem Tag auf die Straße gegangen, an dem seine Frau mit den Kinder zu ihrem Freund gezogen war.

Pünktlich um elf Uhr kam Tom mit einem großen Packen Zeitungen unterm Arm, er brachte die Blätter auch sonntags, denn Marianna kannte keinen Ruhetag. Er hatte die neuesten, nur einmal gelesenen Zeitungen in der U-Bahn eingesammelt und konnte auf diese Weise die ganze Bar mit Lesestoff versorgen. Grandma revanchierte sich jedes Mal ebenfalls mit einem Teller Pommes. Bessere Pommes als bei ihr gab es im ganzen Viertel nicht. Denn Marianna bereitete sie mit viel Liebe aus frischen Kartoffeln zu, eine Seltenheit in New York, deswegen war sie den lieben langen Tag mit Schälen, Waschen und Schneiden beschäftigt. Der Umsatz war enorm, weil auch viele Hausfrauen sich gegen Mittag mit den goldgelben Stäbchen versorgten. Gegen ein Uhr standen die Kinder und Jugendlichen Schlange, wenn sie aus der Schule kamen.

Paul und Marc waren unzertrennlich. Sie tauchten erst am späten Nachmittag in der Bar auf. Sie bewachten jede Nacht einen Juwelierladen ganz in der Nähe und waren sehr stolz darauf, dass in „ihrem Geschäft" noch niemals eingebrochen worden war. Sie waren die einzigen, die gelegentlich den anderen Gästen eine Runde ausgeben konnten, denn der Chef, ein Libanese, ließ gelegentlich ein zusätzliches Trinkgeld springen.

Die anderen trudelten von ihren „Arbeitsplätzen" alle erst gegen Abend ein: Jimmy, der täglich genau so viel Sheet verkaufte, um seinen eigen Bedarf zu decken. Er war der Philosoph in der Bar und wusste auf alle Lebensfragen eine Antwort. Jeronimo stellte jedes Mal erst Eimer und Putztuch in die Ecke und wusch sich am Becken die Hände, bevor er sich an die Theke setzte und sein eiskaltes Bier aus der Dose verlangte. Er putzte an den Ampeln vom frühen Morgen an die Windschutzscheiben der Autos, die einen kurzen Zwangsstop einlegen mussten. Kevin brachte Salmon im Rollstuhl für eine Stunde in die Bar. Salmon aß eine Portion Nudeln mit Chilisoße, trank dazu ein Bitterlemon und wurde von Kevin wieder nach Hause gebracht. Er kam allerdings noch einmal zurück und blieb wie die meisten bis Mitternacht.

Ja, die meisten blieben, bis Marianna in die Hände klatschte und anfing, die schwarzen Holzstühle auf die Tische zu stellen. Auch Little Joe, der im Gegensatz zum alten Joe erst seit einem halben Jahr regelmäßig die Bar aufsuchte. Selbst Grandma war noch nicht hinter sein Geheimnis gekommen. Little Joe hatte kaum Kontakt mit den anderen und sprach selten. Aber weil er von Marianna akzeptiert war, achteten ihn auch die anderen. Auffällig war nur, dass er jedes Mal, wenn die Polizei wegen der üblichen Kontrollen zur einen Türe herein kam, geschickt aus der anderen entwischte.

Kaum waren die Polizisten gegangen, saß Little Joe wieder auf seinem Platz als wäre nichts gewesen. Auch er bevorzugte Bier aus der Dose wie Brandon, der sich schon deswegen gerne zu Little Joe an den Tisch setzte. Brandon war ein Asthmatiker, der vor allem bei nebeligen Wetter ständig husten musste und dabei blaurot im Gesicht anlief.

Sie alle fieberten dem Heiligen Abend entgegen, denn seit Jahren gab es in der Bar „BY GRANDMA'S" den gleichen Brauch: Marianna kochte Nudeln für alle, dazu gab es Hamburger in einer scharfen Soße. Am Tag zuvor hatte Grandma jedem Gast einen Zettel mit einem Namen darauf in die Hand gedrückt. Für den war ein kleines Weihnachtsgeschenk fällig. Marianna ordnete auf diese Weise die Gäste einander zu. Für die Männer war schon dieser Vorgang spannend. Sie rätselten Tage vorher, wer für wen für kurze Zeit zum Christkind werden sollte. Little Joe musste etwas Passendes für Jimmy den Kiffer besorgen und wie nebenbei hatte er mitgekriegt, dass er vom asthmatischen Brandon ein Geschenk zu erwarten hatte.

Den ganzen Heiligen Abend war Little Joe damit beschäftigt für Jimmy etwas zu finden. Es sollte dem anderen Freude bereiten, durfte aber nicht viel kosten. Im letzten Augenblick fand er in einem 99-Cent-Shop das Passende: Ein Aftershave der Marke „Cannabis". Little Joe lachte in sich hinein, als er die Glasflasche, die mit echtem Hanfstroh umwickelt war, sorgfältig in Weihnachtspapier einwickelte. Was er wohl von Brandon bekommen würde.

Aber Brandon kam am Heiligen Abend nicht. Die Männer hatten bereits das gemeinsame Essen hinter sich gebracht. Auf den kleinen Tischen standen winzige Weihnachtsbäumchen und Teelichter brannten, als jeder sein Geschenk auf den Tisch legte. Grandma wünschte Fröhliche Weihnachten und spendierte einen Whisky. „Fröhliche Weihnachten", antworteten die Männer, kippten ihren Branntwein hinunter und überreichten dem Partner, den ihnen Grandma zugespielt hatte, das Geschenk.

Paul bekam ein Päckchen seines geliebten „Snuff", einen Schnupftabak aus Bayern, den es nur an der U-Bahnstation an der 95. Straße gab. Tom erhielt zwei (?) Eintrittskarten für das Musical „Cats". Marc, der Spender, verriet nicht, dass er die Karten zufällig vor dem Juwelierladen gefunden hatte. Als Little Joe sein Päckchen an Jimmy überreichte, öffnete der sofort die Verpackung und prüfte begeistert den Duft des Rasierwassers, das er über seinem stoppeligen Gesicht verteilte. Marc bekam einen dicken Vierfarbkuli, weil es seine Eigenart war, bei der nächtlichen Überwachung des Juwelierladens verdächtige Fußgänger zu zeichnen. Ein Buch mit dem Titel „Der Untergang Roms" erfreute den Rollstuhlfahrer Salmon; er war der einzige, der Freude am Lesen hatte. Old Joe musste erst einige Tränen verschwinden lassen als er einen schwarz-rot karierten Schal um den Hals gewickelt bekam, wie er ihn sich schon lange gewünscht hatte. Schließlich Kevin; er bekam die Baseballmütze jenes Vereins, auf den er mit seinen letzten Cents Wetten abschloss.
Bevor das allgemeine Hallo losbrach und noch die ein oder andere Runde Whisky bestellt werden konnte, holte Kevin aus braunem Packpapier eine kleine Weihnachtskrippe aus Plastik heraus: Er stellte die Einheit aus Kind in der Krippe, Maria und Josef, Ochse und Esel auf die Theke und sagte mit rauer Stimme: „Das ist für dich, Grandma, von uns allen." Die andern freuten sich über Kevins Einfall, der sie nichts gekostet hatte, klatschten Beifall und wünschten erneut: „Fröhliche Weihnachten!"

Grandma aber hatte mit zunehmender Besorgnis gesehen, dass Brandon nicht gekommen war, es war ihm doch nichts zugestoßen? Und deswegen Little Joe bei den Weihnachtsgeschenken leer ausgehen müsste. Sie wollte Kevin bitten, seine Überraschung für den Asthmatiker Brandon doch an Little Joe weiter zu geben, fand diese Verlegenheitslösung aber nicht unbedingt passend.

Also griff Marianna schnell entschlossen drei Dosen Bier aus dem Kühlschrank, wickelte sie in das Titelblatt jener Zeitung, die gerade vor ihr lag, und reichte das Päckchen an Little Joe.

„Da Brandon nicht kommen konnte", sagte sie herzlich, „bekommst du dein Geschenk vom lieben Gott persönlich." Die anderen klatschten laut Beifall und fanden, das sei eine weitere Runde Whisky wert.

Little Joe hatte sich wie gewohnt in seine Ecke zurückgezogen und eine Dose Bier geöffnet. Dabei fiel sein Blick auf das Zeitungsblatt. Mit wachsender Erregung, Grandma beobachtete ihn von der Theke aus, strich Little Joe wieder und wieder die Seite glatt. Endlich stand er ein wenig umständlich auf, bat die Gruppe um Ruhe, und las mit stockender Stimme aus dem Zeitungsblatt in seiner Hand folgende Meldung:

Kansas City. Der Ermittlungsrichter hat am 23. Dezember das Verfahren wegen Mordes in zwei Fällen gegen den flüchtigen Marlon Smith eingestellt. Wegen dringenden Tatverdachts war am Vortag ein Mann aus der Nachbarschaft der Familie Smith verhaftet worden, dessen Name die Polizei noch nicht bekanntgeben wollte. Wie berichtet, waren am 11. Juni dieses Jahres Frau Smith und ihr Sohn (14) in ihrer Wohnung erstochen aufgefunden worden.

Little Joe machte eine unbeholfene Handbewegung: „Marlon Smith, das bin ich. Gott selber hat mir dieses Zeitungsblatt zum Heiligen Abend geschickt, sonst hätte ich nie erfahren, dass ich ein freier Mann bin. Und Grandma war sein Engel.

Das Weihnachtspäckchen

Seit zwölf Jahren war Marlene Schmitt allein. Als ihr Mann gestorben war, hatte sie Hals über Kopf das kleine Reihenhaus am Rande der Stadt verkauft und war in diese Eigentumswohnung gezogen. „Mit allem Komfort", hatte der Makler damals die Wohnung im 12. Stock angeboten. Und es waren alle Bequemlichkeiten vorhanden, die sich Frau Schmitt nur wünschen konnte. Der Aufzug war selbstverständlich. Spülmaschine, Waschmaschine, Trockner. Der Müll wurde vom Hausmeister abgeholt, ein hilfsbereiter Mann, der auch für kleinere Reparaturen zuständig war. Alles war da. Aber eines hatte Frau Schmitt nicht mehr, einen Menschen. Damals hatte sie mit dem Häuschen in der Gartenstadt alle Kontakte abgebrochen. Ihre einzige Tochter war in Amerika verheiratet. Sie telefonierten einmal in der Woche.

Auf der gleichen Etage wohnten noch fünf weitere Mietparteien, deren Namen Frau Schmitt nicht einmal alle wusste. Begegnete man sich im Flur oder im Aufzug, kam das Gespräch über ein „Guten Morgen", „Guten Abend" oder ein „Grüß Gott" nicht hinaus.
Dem Aufzug gegenüber wohnte eine Gerlinde Meisner. Sie müsste mein Alter haben, überlegte sich Frau Schmitt, sie waren sich neulich an der Rezeption kurz begegnet.
Einige Male stand sie in der Zwischenzeit an der Türe von Frau Meisner und dachte daran zu klingeln, aber dann ließ sie es doch wieder. Wer weiß, wie die andere reagieren würde? Und zurückweisen lassen wollte sie sich nicht. Dann lieber allein.

Die Tage, Wochen und Monate gingen dahin. Frau Schmitt hatte es sich angewöhnt, laut mit sich zu sprechen, um wenigstens eine Stimme zu hören. So kam es, dass sie sich sagen hörte: „Heute ist Montag, der 12. November. An diesem Tag hatte mein Vater – Gott hab ihn selig – Geburtstag." Oder sie sagte zu sich: „Du musst dir wieder einmal was wirklich Gutes gönnen. Was möchtest du denn heute essen, Marlene?"
Manchmal musste Frau Schmitt über solche Selbstgespräche lachen, manchmal standen ihr eher die Tränen im Gesicht.

Es war wieder Advent geworden. „Du musst dir einen Adventskranz besorgen, Marlene", sagte sie zu sich nach alter Gewohnheit.
„Eine alte Frau wie du, braucht keinen Adventskranz mehr", widersprach sie sich. „Brennende Kerzen sind zudem sehr gefährlich!" – „Wer sagt denn, dass ich mit 74 zu alt bin für so was?"
Frau Schmitt musste lächeln und ging, um sich auf dem Markt einen Kranz aus Stroh und Tannengrün zu besorgen.

Die Zeit war vergangen und Frau Schmitt zündete bereits die vierte Kerze an ihrem Adventskranz an. „Es wird Zeit für die Geschenke", sagte sie zu sich. „Ich werde mich mit einem schönen Weihnachtspaket überraschen."
Dieser Gedanke setzte sich bei ihr immer mehr fest, so dass sie beschloss, sich selber einen Wunschzettel zu schreiben, dann die Sachen zu besorgen, zu verpacken und so auf die Post zu bringen, dass das Paket ihr am Heiligen Abend zugestellt wurde. „Hihi", lächelte Frau Schmitt ein wenig kindisch in sich hinein. „Das wird eine Freude sein, wenn mir das Christkind auch mal was bringt."
Frau Schmitt entwickelte eine ungeahnte Geschäftigkeit. Sie spürte einen Auftrieb, den sie schon lange vermisst hatte. „Also, Marlene, was hättest du denn gerne?", fragte sie sich und dann flog der Kugelschreiber nur so über das Papier:

Ein Pfund Kaffee, aber von der besten Sorte.
Ein Kistchen Pralinen, nur Nougat bitte.
Eine große Dose Lebkuchen.
Geräucherte Gänsebrust.
Echten Lachs.
Einen Seidenschal.
Ein Frotteehandtuch

„Zwei dürfen es auch sein, oder besser noch drei", sagte sie zu sich.

Drei Frotteehandtücher.
Ein Badeöl Lavendel.
Ein Badeöl Rosenblüte.

Das wär's. Zufrieden schaute Frau Schmitt auf den Wunschzettel. Am nächsten Tag machte sie sich beschwingt, so

kannte sie sich gar nicht mehr, ans Einkaufen. Längst hatte sie die Liste abgehakt und ein paar Kleinigkeiten waren noch dazu gekommen. Geschenkpapier, Schleifchen, kleine Kärtchen, auf die sie schreiben wollte: „Für Dich ganz allein."
Müde, aber glücklich kam Frau Schmitt nach Hause. Nach einem Mittagschläfchen machte sie sich ans Einpacken. Sorgfältig wurde alles in Geschenkpapier eingeschlagen, mit einem farbigen Band verschnürt. Dann kamen die Kärtchen. Jedes einzelne Geschenk wurde mit dem Anhänger versehen: „Für Dich ganz allein."
Fertig. Jetzt wurden die Sachen in den Karton gepackt, mit Packpapier und einer dicken Schnur fest verschlossen.
Frau Schmitt war freudig erregt. Sie konnte es kaum erwarten, das Paket morgen zur Post zu bringen, damit sie 24 Stunden darauf warten konnte.
Da stellte sich ein Problem. Die Adresse! Natürlich musste sie ihre Adresse auf das Paket schreiben: „Marlene Schmitt, Richard-Strauß-Straße 180, 81702 München." Aber jetzt der Absender. Sie konnte ja nicht auch noch ihre Adresse als Absender auf das Paket schreiben. Einfach lächerlich. Die auf der Post würden sie für verrückt erklären und ihr das Paket gleich wieder mitgeben.
Frau Schmitt überlegte hin und her. Auf einmal kam ihr die rettende Idee. „Das ist es", jubelte sie, „ich werde als Absender meine Nachbarin drauf schreiben: Gerlinde Meisner, Richard-Strauß-Straße 180, 81702 München."
Sorgfältig füllte Frau Schmitt die beiden Aufkleber aus und klebte sie auf das Paket. Am nächsten Morgen wollte sie das Paket zur Post bringen. Schon lange hatte Frau Schmitt nicht mehr so gut geschlafen wie in dieser Nacht. Munter wachte sie auf und schon vor dem Frühstück trällerte sie vor sich hin: „Morgen, Kinder, wird's was geben, morgen werden wir uns freun'."

Den ganzen Tag blieben ihr Freude und Glück erhalten. Dann kam der Heilige Abend. So gegen elf Uhr musste die Paketpost kommen. Frau Schmitt war gespannt wie ein kleines Kind. Halb zwölf. „Am Heiligen Abend haben die sehr viel zu tun", entschuldigte Frau Schmitt die Verspätung; das sagte sie auch um ein Uhr noch. Aber ihre Ungeduld wuchs. Als sie gegen halb zwei ungeduldig aus dem Fenster sah, stand das große Paketauto der Post schon an der nächsten Straßenecke. Vorbei...

Frau Schmitt wurde von einer tiefen Enttäuschung überfallen. Morgen war Weihnachten und übermorgen Feiertag, keine Zustellung. Sie musste schlucken, aber ihre Traurigkeit wollte nicht vergehen. „Du bist eine dumme, alte Frau", wollte sie gerade mit sich schimpfen, als es klingelte. Sollte doch noch...?

An der Türe stand Frau Meisner mit hochrotem Kopf und einem großen Strauß weißer und roter Weihnachtssterne. „Ich bin ja so was von glücklich über das Paket", sprudelte es aus ihr heraus. „Sie haben mich völlig überrascht. Erst konnte ich es nicht glauben, dass ich ein Paket bekomme, seit Jahren habe ich nichts mehr bekommen, aber dann las ich die Adresse und ihren Absender, ich, ich..."

„Kommen Sie doch herein!" Frau Schmitt musste sich an der Türklinke festhalten, ein kurzer Schwindelanfall, dann hatte sie sich gefasst. „Kommen Sie herein und Frohe Weihnachten."

Frau Meisner überreichte die Blumen und sagte: „Ich habe einen besseren Vorschlag: Wir beide feiern heute miteinander Heiligen Abend. Passt es ihnen um fünf bei mir?"

Als Frau Schmitt im Wohnzimmersessel saß und dabei die wunderschönen Weihnachtssterne betrachtete, musste sie laut über sich lachen:

„Marlene, du wirst alt. Da hast du doch glatt den Absender mit der Adresse vertauscht. Aber so musste es wohl kommen. Na, dann Fröhliche Weihnachten."

ROLAND BREITENBACH
IM REIMUND MAIER VERLAG

Kreuzweg – Zeichen des Lebens
MIT POP-ART-BILDERN VON WALTER GAUDNEK......................3-926300-16-7

Der Zeit voraus
MOMENTAUFNAHMEN HEILIGER FRAUEN UND MÄNNER,
MIT POP-ART-BILDERN VON WALTER GAUDNEK......................3-926300-18-3

Sicht auf das Ganze
CHRISTLICHES LEBEN IM ALLTAG,
MIT FOTOS VON DR. WERNER RUF 3-926300-23-X

Fußnoten zum Alltag
ROLAND BREITENBACHS KOLUMNEN 3-926300-25-6

Schauen ist mehr als sehen
LEBENSGESCHICHTEN FÜR MENSCHEN VON HEUTE,
MIT FOTOS VON DR. WERNER RUF 3-926300-27-2

Heute ist der Tag
BEGEGNUNGEN MIT JESUS, 4. AUFL. 3-926300-29-9

Eine kleine weiße Feder
PETRUS II., DER PAPST, DER DAS GETTO SPRENGTE, 4. AUFL. 3-926300-34-5

Aus Träumen geboren
DIE LEBENSGESCHICHTE EINES UNGEWÖHNLICHEN MENSCHEN ...3-926300-36-1

Echolot – Gedanken, die in die Tiefe gehen
BRIEFE ZUM NÄCHSTEN... ZUM ANDERN... ZUM DU, 2. AUFL. 3-926300-37-X

Passionsblumen
DAS SPIEL EINES LEBENS...3-926300-39-6

Der Unterfränkische Jakobusweg
EIN PILGERFÜHRER..3-926300-41-8

Lautlos wandert der Schatten
AUF DEM PILGERWEG NACH SANTIAGO DE COMPOSTELA 3-926300-42-6

Der kleine Bischof – Ein kirchlicher Zukunftsroman
MIT BRIEFEN UND PREDIGTEN, 17. AUFL..............................3-926300-47-7

Reimund **Maier** Verlag
Florian-Geyer-Str. 28 · 97421 Schweinfurt · Tel. (0 97 21) 78 38-0 · Fax 78 38-20